L

Lucienne & Marianne

M

講談社文庫

巴《パ》里《リ》・妖都変

薬師寺涼子の怪奇事件簿

田中芳樹

講談社

目次

口絵・本文イラスト　垣野内成美

巴里《パリ》・妖都変

薬師寺涼子の怪奇事件簿

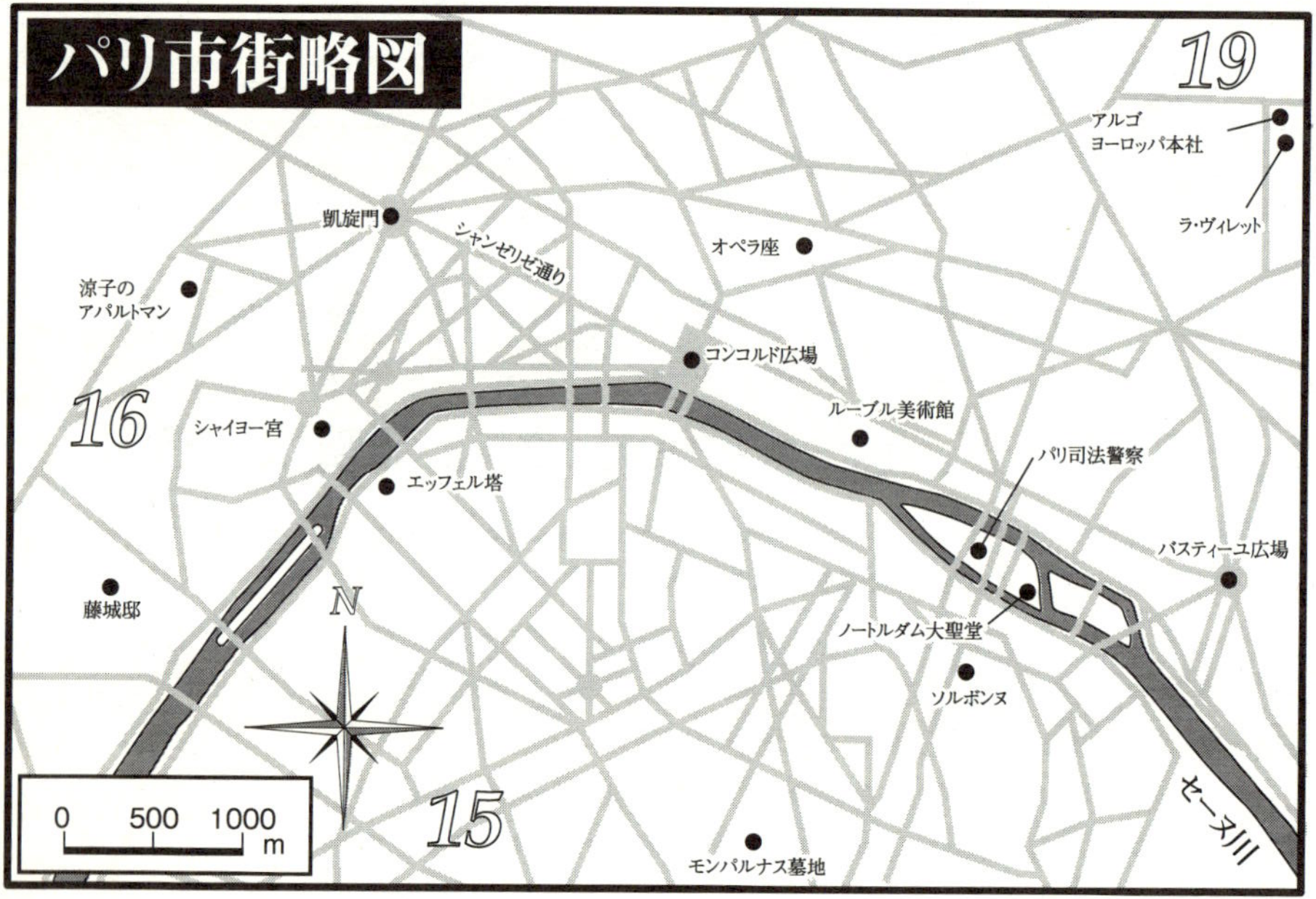

パリ市街略図
19
アルゴ
ヨーロッパ本社
ラ・ヴィレット
凱旋門
シャンゼリゼ通り
オペラ座
涼子の
アパルトマン
コンコルド広場
16
ルーブル美術館
シャイヨー宮
パリ司法警察
エッフェル塔
バスティーユ広場
藤城邸
N
ノートルダム大聖堂
ソルボンヌ
セーヌ川
0
500
1000
m
15
モンパルナス墓地

第一章　パリのお嬢さま

I

頭のなかで鳩時計《はと》が開くと、飛び出してきた鳩がくりかえして一三回鳴いた。

そんなはずはない。体内時計がすこし狂っているのだ。時差ボケというやつだろうか。成《な》田《り》空港を出発したのは午後三時。一三時間、地球の上空を飛んだのに、パリは翌日の午前四時ではなくて、まだ同日の午後八時だった。つごう八時間の時差があるわけだ。

私は柱に背中をあてた姿勢《しせい》で、足もとにスーツケースを置いていた。右隣りにいる人物も、私とおなじ姿勢である。彼女は私のようにボケてはおらず、両眼に鋭いほど活力にみちた視線をたたえていたが、そのぶん私より不機嫌《ふきげん》そうだった。

「おそい！」

硬質の美しさを誇る唇が開いて、みじかい一言を吐き出した。来るはずの出迎えがまだ来ないのだ。私は、まだ対面していない出迎えの人物に同情した。彼女の——薬師寺涼子《やくしじりようこ》の機嫌をそこねた日には、さぞ不幸な運命にみまわれることだろう。

「先方にもつごうがあるんでしょう」

いちおう私はなだめてみたが、よくある例で、かえって相手の不機嫌を助長《じよちよう》しただけのようだった。

「最初から迎えなんて必要ないのよ。あたしはパリの街にはくわしいんだから。警視総監のデスクの内部《なか》とおなじくらいにね」

薬師寺涼子はまだ二七歳だが、警視庁刑事部参事官をつとめ、階級は警視である。私は彼女の部下で、姓名は泉田準一郎《いずみだじゆんいちろう》、階級は警部補、年齢は三三歳。自分でいうのも何だが、寛容と忍耐というふたつの美徳にめぐまれている。いや、笑わないでほしい。

私の上司《じようし》は、女神の美貌と悪魔の性格をかねそなえている。彼女が東京都千代田《ちよだ》区の官庁街を歩くと、おびえた官僚たちがささやきあうのが聞こえるだろう。

「見ろよ、あれがドラよけお涼だ」

「桜田門《さくらだもん》の黒バラだな」

「霞が関《かすみせき》の人間原子炉だ」

ずいぶんないわれようだが、根拠のない誹謗《ひぼう》ではない。警視庁はじまって以来の問題児と評しても、反対する者はいないはずだ。

涼子は東京大学法学部を卒業した、いわゆるキャリア官僚で、しかもアジア最大の警備会社JACES《ジャセス》の社長令嬢である。そこまではいいが、彼女はJACESの組織力を利用して、官僚や政治家たちの弱みをにぎり、上司を威《おど》かして、好きかってにふるまっているのだった。

ただ権力志向の強い、現場では役立たずのキャリア官僚ならこれまでにいくらでもいたが、涼子の場合、難事件怪事件を強引《ゴーイン》に解決してしまうこと数知れず、きらわれる以上に畏怖《いふ》の対象となっている。人呼んで「ドラよけお涼」という。「ドラキュラもよけて通る」という意味である。

私はひとつ頭を振った。自分がパリにいるということに、どうも実感がわかない。

怪盗アルセーヌ・ルパン。名探偵メグレ警視。オペラ座の怪人。モンテ・クリスト伯爵。ダルタニャンと三銃士。かぞえきれないほどのヒーローが、パリの街を疾走《しっそう》してきた。そのなかに、薬師寺涼子も加わるのだろうか。彼女の場合はヒロインと呼ぶべきだが。

涼子はトレンチコートを着こみ、襟元《えりもと》にシルクのスカーフを押しこんでいる。おなじトレンチコートでも、私のものとくらべて値段が一〇倍はするミラノ・ブランドだ。正体を知らなければ、女性美にうるさいパリジャンでも陶然《とうぜん》とするほど美しくてカッコいい。現に、何人もの男が感歎のマナザシをそそいでくる。

ノエル（クリスマス）を一週間後にひかえたパリ北東二五キロのシャルル・ド・ゴール空

港。まだ建物のなかだが、人々がドアを出入りするたびに冷気が流れこんでくる。外の寒さが思いやられた。

それにしても、涼子の容姿は、東京ではすこし街から浮いて見える気もするが、パリではまったく違和感がない。

だいたいフランスという国そのものが薬師寺涼子に似ている。

一九八五年、南太平洋で核実験を強行したとき、反対行動をおこなった環境保護団体の船をフランス政府の秘密工作員が爆破して、メンバーを殺害した。むろん各国から非難の声があがったが、フランス政府は謝罪なんぞしなかった。「警告を無視して領海を侵犯したむこうが悪い」というのである。

やっていることは悪辣《あくらつ》で無反省なのに、堂々としていてカッコよくておシャレなものだから、ついだまされてしまう。涼子の正体を知りつくしているはずの私でさえ、何度だまされて後悔したことか。

「お嬢さま」

日本語の呼びかけを耳にしたとき、誰のことを指《さ》しているのか、とっさに私はわからなかった。むろんそれは私が時差ボケだったからで、呼びかけられたのは涼子に決まっていた。彼女は日本を代表する巨大企業のオーナーのご令嬢なのである。

涼子に呼びかけた男はうやうやしく一礼した。

「JACESヨーロッパ総局の北岡《きたおか》と申します。お嬢さまには以前、一度お目にかかったことがございます」

北岡は私より一、二歳若いだろう。身長も私よりすこし低いが、日本人としては充分だ。顔はというと、あまり認めたくないが、私より女性に受けるのはまちがいない。第一、手入れのよいこと、芸能人なみで、眉は描いたようだし、肌はつややかに光っている。

涼子は北岡を見て二度まばたきした。

「ええ、おぼえてるわよ。北岡伸行《のぶゆき》クンだったわね、たしか」

「光栄です、おぼえていただけたとは。どうぞこちらへ。お嬢さまをパリにお迎えする準備はすべてととのっております」

北岡は私には目もくれず、涼子のスーツケースだけを持ちあげると、先導する形で歩き出した。「涼子お嬢さま」は手ぶらで、私は自分のスーツケースをさげて、あとにつづく。

北岡の背中を見ながら涼子がつぶやいた。

「思い出したわ、フン、ろくでもないやつ」

「お気に入りじゃなかったんですか」

涼子は形のいい鼻の先で笑った。

「初対面の女に『ランジェリーはリエンですか、デボラマーキーですか』なんて尋《き》く男、あたしの趣味じゃないわね」

「はあ、そんなものですか」

「泉田クン、意味がわかって反応してるの？」

「あなたが不愉快だったということがわかってれば充分ですよ」

雲が出れば、いずれ雨が降る。そのことがわかっていれば、あらかじめ傘《かさ》の用意もしておける、というものだ。そういう意味で私はいったのだが、唯我独尊《ゆいがどくそん》のわが上司は、自分につごうのいい解釈をしたようだった。

「よろしい、さすがにあたしの忠臣ね。あたしが不愉快になったときには、君も不愉快になって、あたしが行けと命じたら突進するのよ」

それでは忠臣というより忠犬だ。私としては異《い》をとなえたかったが、争論《そうろん》するには疲れていた。すべてはホテルに着いて、スーツケースをおろし、シャワーをあびてからのことだ。

だが待てよ、いったいどこのホテルを涼子は予約しておいたのだろう。

一瞬、私の足がとまった。空港内を往《ゆ》きかう人々のなかに、どこかで見た容姿があったような気がしたのだ。だが一瞬のことで、錯覚にすぎなかったのか、ＴＶででも見かけた有名人がたまたま通りすぎたのか、とっさに判断がつかなかった。

直後に私の注意をひいたのは、ひとりのフランス人だった。国籍をたしかめたわけではないが、たぶんフランス人だろう。

それは老人だった。立ったまま、なぜか身体を左右に揺らしている。頭はすっかりはげあがっていた。古風な銀縁《ぎんぶち》の眼鏡《めがね》をかけ、ハイネックのセーターの上から古ぼけたコートをひっかけている。足もとには、これも古ぼけた、だが頑丈《がんじょう》そうな旅行カバン。べつに特筆すべきイデタチでもない。

特筆すべきものは、老人の肩の上に乗っていた。毛深い小さな動物だ。猿の一種のようだが、それ以上はわからない。飼い主らしい老人の横顔に、自分の小さな顔を寄せて、キスでもしているように見えた。

これから空の旅をするのに、ペットをつれていくのだろうか。私は不審の念を禁じえなかったのだが、ふと気づくと、涼子も足をとめ、老人に視線をそそいでいる。私だけでなく、涼子にもそうさせる何かが老人にはあるようだった。

「酔っぱらいでしょうかね」

興味のなさそうな声で、北岡が涼子にいった。早く行きましょう、と、つづけようとしたにちがいない。だが彼がつづけるより早く。

「ああ、ああ、ああ……!」

老人の口から呻《うめ》きがもれた。一瞬で私は緊張した。日本語だろうとフランス語だろうと、これほど恐怖と絶望に満ちた声を聞くのは、めったにないことだ。

「泉田クン!」

涼子の声にも、同種の緊張があった。私はスーツケースを放り出した。床に放り出したつもりだったが、けたたましい悲鳴があがった。どうやら北岡の足の上に放り出してしまったらしい。

北岡は涼子のスーツケースを放り出し、右足をかかえて苦悶《くもん》のダンスを踊っている。気の毒なことをしたが、謝罪も弁明もしている暇はなかった。すでに涼子はハイヒールの踵《かかと》から火花を散らす勢いで疾走しており、私も遅れるわけにはいかなかったのだ。

立ちすくんだり顔を見あわせたりする人々の間を、涼子と私は駆けぬけた。いや、正確にいうと数人は押しのけ、突きとばした。涼子など、蹴《け》散《ち》らして通るという印象だった。

老人が床に倒れた。鈍い音をたてて床にころがったとき、肩の上の動物は運命をともにしなかった。聞く者の鼓膜《こまく》にやすりをかけるような不快な笑い声をたてて、身軽に宙で一回転し、床に四肢《しし》をつけていた。そう、やつはたしかに笑い声をたてたのだ。その顔はじつに不快で醜悪だった。リスに似ている。だが肉食のリスだ。この世に存在しないはずのものだった。

涼子が腕を伸ばしたとたん、小さな怪物は姿を消した。瞬間移動《テレポート》したかのような、異様な速度で宙を跳《と》び、人ごみのなかに消え去ったのだ。

私は倒れた老人の傍《そば》に片ひざをつき、手首をとって脈を調べた。

BRITIS
Sall enregis
Check-in lou

II

「どう？　泉田クン」

「残念ながらもう死んでますが、それにしてもこれは変ですね」

「どう変なの？」

「失礼」

と、私は死者に向かってつぶやき、不幸な老人の頭部をかるく揺さぶった。頭部は異様にかるく、わずかに音をたてて揺れた。カラカラという、乾いた虚《うつ》ろな音だった。

「耳から何かこぼれてるわね。これは……血じゃない。たぶん……脳ミソだわ」

涼子にしてはためらいがちにつぶやいたあと、呼吸をととのえ、口調を変えた。

「あの小さな怪物は、この老人にキスしていたんじゃない。耳に口をあてて、脳を吸いとっていたのよ」

私の時差ボケは、パリの夜空の涯《はて》へと消え去っていたが、それ以上に不快な気分が胃から咽喉《のど》へとせりあがってきた。苦労して、唾《つば》とともにどうにかそれをのみこんだが、私はいまいましさを感じずにいられなかった。これで何度めのことやら、涼子と行動をともにしていると、かならず奇怪で非合理的な事件に出くわすのだ。

あわただしい靴音がして、制服姿の警官が三人、駆けてくると涼子と私と老人を包囲した。それぞれ体格はちがうが、流行なのだろうか、そろって口ヒゲをはやしている。

涼子は昂然《こうぜん》と胸をそらして立つと、鋭く苛烈《かれつ》な口調で、警官たちにフランス語の弾丸をあびせかけた。警官たちは私たちを詰問《きつもん》しようとして、機先《きせん》を制された。涼子の美貌と迫力に威圧されただけではないようだ。何やら緊張するようなことをいわれたらしく、表情をこわばらせて聞きいっていたが、三人のうちひとりが、来た方向へと駆け出していった。

「ちょっと気になるんでうかがいますが、まさかフランスに拳銃を持ちこんじゃいないでしょうね」

「心配しなくていいわよ」

こういう返事を聞くと、涼子はフランス国内に拳銃を持ちこんでいない、と誰もが思うだろう。私もうっかりそう思いかけたが、涼子の返事にはまだつづきがあった。

「ちゃんとこちら《パリ》に置いてあるから、わざわざ日本から持ちこむ必要なんかないのよ。だから安心なさい」

「安心できませんよ！」

つい私が声を大きくしたので、この場に残っていたふたりの警官が、当惑《とうわく》と猜疑《さいぎ》をこめて私たちを見やった。私は声を小さくした。

「で、警官たちに何といったんです？」

「君、大学ではフランス語を第二外国語に選んでたんじゃないの?」

「日本の語学教育がどんなものかご存じでしょう。世界共通英語試験《TOEFL》で一六五ヵ国中、たしか一五〇位なんですからね」

いいかげんな記憶にもとづいて、制度に責任を押しつけたが、涼子はそれについてはべつに何もいわなかった。ふたりの警官は私たちに対して目を光らせていたが、日本語がわかるはずはないので、安心してしゃべれる。

「デュボア警視長を呼べ、といってやったのよ。パリ司法警察局《ポリス・ジュディシエール》の副局長をね」

パリ司法警察。日本風にいえば、パリ警視庁刑事部である。私たちにとっては、異国の同業者ということになる。

「ご存じなんですか、そんなえらい人を」

「えらい人」という表現が、なぜか涼子の皮肉な気分を刺激したらしい。

「よくご存じですとも。あたしが国際刑事警察機構《インターポール》にいたとき、あたしのお尻をなでて無事ですむと思っていたスケベおやじだもの」

「ははあ……」

私はうなずいた。大胆不敵というよりも、事の重大さをわきまえないおえらがたがいて、涼子のお尻をなでて、平手打ちをくらって窓ガラスに頭をつっこんだ。そういう話を聞いたことがある。いい恥をかいた人物の名前までは知らなかったが、デュボア警視長というらしい。

やがて、駆け出していった警官がもどってきて、しかつめらしい表情で涼子に何か告げた。

「話が通じたわ、行きましょ」

こうして涼子と私は、オルフェーブル河畔《かはん》にあるパリ司法警察局へと向かったのである。


……そもそもの発端は、涼子のフランス出張が決定したことだった。いまから、ほぼ二週間前のことだ。季節が晩秋から初冬へうつろって、肌寒い日がつづくようになった十二月上旬のことだった。

その日、遅刻寸前で、私はようやく勤務先である警視庁のビルに駆けこんだ。出勤寸前に、私は官舎の主《ヌシ》といわれる神崎《かんざき》警部夫人につかまってしまったのだ。先日出した燃えるゴミのなかに燃えないゴミがまじっていた、だの、祝日に日の丸の旗を立てないのは日本人としての自覚がたりないからだ、だの、ねちねちイヤミをいわれてしまった。

「はいはい、来年の五月五日には、なるべく鯉《こい》のぼりを立てることにしますよ。日の丸よりずっと古い日本の伝統文化ですからね」

こんないいかたを私がするようになったのは、たぶん上司の悪影響だろう。神崎夫人の金属的な声を背中にはじきかえしながら、私は地下鉄有楽町《ゆうらくちょう》線の駅へと走った。神崎夫人が夫の浮気癖になやみ、フラストレーションを周囲にぶつけているということは、官舎じゅうの人間が知っている。ただひとり、彼女の夫をのぞいて。悪いが、そんなことにいちいちつきあってはいられない。

ラッシュの地下鉄で忍耐心を涵養《かんよう》しながら、二〇分後に桜田門駅に着いた。警視庁ビルの六階にある刑事部参事官室にはいると、デスクで新聞をひろげていた丸岡《まるおか》警部が私の顔を見て、何やら意味ありげな笑いかたをした。

「やあやあ、この吉日にあやうく遅刻しそうになるとは、泉田クンも間《ま》が悪い」

「何かめでたいことでもあったんですか」

「心あたりはないのかい」

「全然」

「そうか、じつはな、お涼がパリへ出張することになったんだ。フランスへ二週間」

丸岡警部は涼子より三〇も年長だ。本人がいない場所で「さん」をつけずに呼ぶことぐらい許されるだろう。

「へえ、パリへですか」

芸のないおどろきかたをする私に、丸岡警部は要領よく説明してくれた。

パリ第一大学は「ソルボンヌ」の呼び名で有名だが、そこに「犯罪科学・法律問題学科」

が設置されている。またパリ第二大学には、「探偵学科」がある。このふたつの学科が共同で、世界各国の犯罪捜査官を招きよせ、実践《じっせん》講義をおこなうことになった。でもって、わが日本国の犯罪捜査官の代表として選ばれたのが、薬師寺涼子警視ドノなのだそうである。

いったい誰が選んだのだ。どうなっても知らないぞ。

反射的に私はそう思ったのだが、考えてみれば、そう変なことでもない。

薬師寺涼子は英語とフランス語を自在にあやつり、国際刑事警察機構《インターポール》に出向して二年間フランスに滞在していた経験もある。フランス人の学生を相手に、犯罪捜査の講義ぐらいたやすくやってのけるだろう。性格や言動には問題がありすぎるが、才能と実績はそれこそたぐいまれなのだ。

もっとも重要なことは、涼子が二週間もパリに行ってしまう、という点だ。彼女が不在の間、私はお傅《も》り役から解放される。二週間の休暇というわけである。精神的な意味で、こいつはきわめて有益な二週間になるにちがいない。

「吉報をありがとうございます」

「決めたのは私じゃないがね、ま、とりあえずはめでたいことさ。お涼はたぶん、パリで豪遊するんだろうし、おたがい骨休めになるだろう」

同感だった。パリへ行けば、涼子もありあまるカネの使《つか》い途《みち》ができるはずだ。

涼子は五年前、インターネット検索《けんさく》サービス会社の株を額面《がくめん》五〇〇〇万円分、入手した。大学の卒業祝いとして、父親がプレゼントしてくれたそうだ。今年になって、その会社の株式が公開され、額面五万円に対して何と六〇〇〇万円の価格がついた。一二〇〇倍だ。つまり涼子は六〇億円の収入をあげたわけだが、株の取引にかかる税金は一パーセントそこそこにすぎないというから、ほとんどまるまる涼子の手元に残るわけである。

もともとオカネモチの涼子は、さらにオカネモチになった。幸運といえばいいのか、世の中は不公平だといえばいいのか。運命をつかさどる神さまですら、涼子に弱みをにぎられているのかもしれない。

III

「勝てば官軍」

と大きく書かれた紙が壁に貼《は》ってある。その横にあるドアをあけて、私は涼子の部屋にはいった。

「今日はおそかったじゃないの」

「すみません、何かご用でしょうか」

きわめて愛想《あいそ》よく私は応じた。二週間の自由と安息とが私を待っているのだ。涼子がキモチよく旅立つまでの期間、いくらか愛想よくふるまうというのは、コッパ役人のささやかな知恵というものである。

「用があるから呼んだのよ」

「用もないのに呼びつけるくせして」

なんて危険な発言はせず、私は愛想のよさをたもった。

「ごもっともです。では、ご用は何でしょうか」

「いやに機嫌がいいのね」

「そう見えますか、たぶんバイオリズムが上昇してるんでしょう」

「ふーん、それじゃ、パリへ行くのも、機嫌よくつきあうわよね。冬のパリは寒くて暗いからイヤだ、なんていわないでしょうね」

瞬間。舞台は暗転《あんてん》した。

私は何とか足を踏みしめ、五秒半にわたる沈黙をようやく破った。

「私もパリへ行かなきゃならないんですか」

「あたりまえじゃないの」

「あたりまえって、だいたいパリ出張を命じられたのはあなたでしょう。どうして私までパリへ行く必要があるんです？」

「君の地位をいってごらん」

「警視庁刑事部参事官付《つき》です」

「参事官ってだれのこと？」

「あなたです」

「そうよ。わかってるじゃない。つまり、君はあたしの付属物なのよ」

「ふぞくぶつ……!?」

「そう、だからあたしがパリへ行くときには、君もパリへ行くの。あたしが冥王星《めいおうせい》へ行くときには、君も冥王星へ行くの。あたしが地底王国へ行くときには、君も地底王国へ行くのよ」

ちょっと待て。何だって警視庁づとめの犯罪捜査官が、冥王星や地底王国なんかへ行かなきゃならんのだ。

「そういうわけだから、さっさと旅行のしたくをしなさい。午後は休んでいいからね」

「そんなことをいわれても……まだ私はパリへ行くなんていってませんよ」

「君、パリへ行きたくないの？」

「そりゃ機会があれば行きたいですよ」

「いまがその機会じゃないの。しかも費用は全部、警視庁が出してくれるのよ。出張と称して公費つかいまくり。それでこそ日本の公務員になった甲斐《かい》があるってものじゃない」

私はあきれて涼子を見つめた。

「あなたは大富豪じゃありませんか。それでもまだ公費をつかう気ですか」

「あたしたちがつかわなきゃ、他の腐《くさ》れ官僚どもがつかうだけよ。そうでしょ、ちがう？」

「あたしたち、といういいかたはやめてください。あなたが無分別《むふんべつ》に一人称複数形をつかうから、私はいつも共犯あつかいされるんです」

そこへ遠慮がちなノックの音がして、丸岡警部が顔を出した。

「失礼します、参事官。刑事部長が直々《じきじき》に泉田警部補をお呼びでして」

「泉田クン、行っておやり。すこしぐらい待たせてやってもいいわよ」

三分後、私は刑事部長室のドアをノックしていた。これまで何度も呼びつけられた部屋だ。

部下がフシマツをしでかしたので、直接の上司がさらに上の上司に呼びつけられて叱責《しっせき》される。これはまあ、民間企業でもお役所でも、よくあることだ。しかし、上司がフシマツをしでかしたからといって、さらに上の上司に呼びつけられる部下が、私のほかにいるだろうか。すくなくとも北半球では聞いたことがないぞ。

私の顔を見ると、刑事部長は露骨《ろこつ》なつくり笑いを浮かべた。キャリアがノンキャリアを懐《かい》柔《じゅう》するときにつくる、独特の表情だ。この表情にだまされて墓穴《ぼけつ》を掘ったノンキャリアの捜査官を、私は何人も知っている。

「このたびはご苦労だね。これはすくないが私の気持ちだ。パリで何かうまいものでも食べてきたまえ」

差し出された金一封を見て、私は事情をさとった。

「せっかくですが、いただけません。私はパリへ行くつもりはありませんので」

「おいおい、君、公費でもって二週間もおフランスへ行けるんだぞ。それも絶世《ぜっせい》の美女といっしょにだ。何という幸運だ。みんな君を羨望《せんぼう》するにちがいないぞ！」

「ちがいありますね」

日本語として正しいかどうかはわからないが、私が冷然として言い放つと、刑事部長の両眼を怒りと狼狽《ろうばい》の影がかすめた。私の態度が気にくわないのは明らかだが、部長としては苦しげに笑ってごまかすことにしたらしい。

「は、は、は、ちがいないとも！　私だって君を羨望してるんだぞ」

「まさか」

「君も疑《うた》ぐり深い男だな。ほんとだといってるだろう！　いっそ私が替《か》わってやりたいくらいだよ！」

眉をつりあげて部長はどなったが、大きく口をあけたままで、表情を凍結させてしまった。もちろん私は、エリート警察官僚氏の失言を聞き逃《のが》したりはしなかった。

「それはそれは、けっこうなことです。このさい交替いたしましょう。私は東京でおとなしく留守番しておりますから、どうぞ部長がパリへおいでください」

ようやく口を閉じて、刑事部長は陰惨な目つきで私をにらんだ。私は平然としていた。お涼みたいな小娘に弱みをにぎられて、「さわらぬ女神にタタリなし」を決めこんでいる官僚どもなど、こわいものか。

部長は分厚《ぶあつ》い舌で下の唇をなめまわした。

「いいかね、泉田警部補」

部長の声は重々しいというより、わざとらしい。

「君ひとりが犠牲になれば、警視庁のみんなが二週間の自由と安息を得られるのだよ。たった二週間、だがそれはダイヤのように貴重な二週間だ。それなのに君は、みんなのために犠牲になるのがいやだというのか。君はそんなに利己的な男だったのか。見そこなったぞ！」

「あのですね……」

「あのもそのもあるか！　まったく君には失望したよ。こうなったら君の自発的な意思《いし》などに期待はできん。職務上の命令だ。パリへ行け、パリへ！　拒否したら南鳥島《みなみとりしま》署に飛ばしてやる！」

要するに私は、パリと南鳥島との二者択一《にしゃたくいつ》をせまられたわけである。しがない警部補としては、これ以上、刑事部長にさからうことはできなかった。どういう気まぐれからか、涼子は私をしばしばおえらがたからかばってくれるが、今回だけは刑事部長に同調して、私にパリと南鳥島とを選択させるにちがいない。すくなくともパリは冥王星や地底王国よりはましなところだ（たぶん）。

私が涼子に同行するということが知れわたると、警視庁関係者の半数は同情してくれたが、残る半数は「当然だ」といわんばかりだった。彼らは私を「ドラよけお涼の子分で共犯者」とみなしているのだ。丸岡警部はといえば、しみじみとした表情で私の肩をたたいてくれたが、「替わってやろうか」とはいってくれなかった。公務員の世界なんてそんなものだ。

北半球を半周する空の旅については、いずれ語る機会もあるだろう。結果として飛行機が無事に到着したことだけ記しておく。

シャルル・ド・ゴール空港に到着したとき、私にはひとつ心配事があった。入国審査である。

外国人の入国審査は、英語でおこなうのが世界的な基準だが、何せフランスは文化的国粋《こくすい》主義のお国柄だ。早口のフランス語でまくしたてられたら、ウイやノンで応答することすら、おぼつかない。

そう思っていたが、さいわい杞憂《きゆう》に終わった。大学生みたいに若い入国審査官は、私が差し出したパスポートを無言で受け取り、無言で返してくれた。

「JACESのヨーロッパ支社から迎えが来てるはずよ。来なくてもいいといったんだけどね」

涼子がそういい、自信にみちた足どりでハイヒールの踵を鳴らしながら歩き出す。私は両手にスーツケースをさげて彼女のあとにしたがったのであったが……。

IV

フランスのエリート警察官僚であるアントワーヌ・デュボア氏にとって、生涯で最大の不運。それはリョウコ・ヤクシージとおなじ時期に、国際刑事警察機構《インターポール》に出向してしまったことだろう。

目の前に、タイトなスカートにつつまれた世にも美しいお尻が出現したので、目がくらんで、つい手を伸ばしてしまった。気どっていえば、欲望が理性を駆逐《くちく》してしまったのだ。みっともない行為に決まっているが、罪より重い罰を受けた人間に対しては、すこしだけ同情してやってもいいのではないか、と思う。一瞬の掌《てのひら》の感触と引きかえに、全治一週間のケガ、さらには一生の後悔をせおいこむハメになったのだから。

デュボア氏の年齢は四〇代半ばというところだろう。ダークブラウンの髪に、やや古風な黒縁の眼鏡がよく似あう知識人タイプの風貌《ふうぼう》。何よりによって地上でもっとも危険な女のお尻をなでなくても、女性に不自由はしないだろうに、どんなエリートでも気の迷いというものはあると見える。

デュボア警視長の表情は、たとえていえば、多額の借金をかかえながら歯痛《しつう》になやんでいる最中、とでもいおうか。涼子からさりげなく視線をそらしつつ、執務室の椅子《いす》を涼子にすすめる。一ミリグラムの遠慮もなしに、涼子はふんぞりかえって脚を組む。コートをぬいでいるので、ミニスカートから伸びた罪つくりな脚線美があらわになった。コートは誰が持っているのかって？　私がに決まっている。

私は涼子のすわった椅子の後方に立ち、ふたり分のコートをかかえて、日仏両国のエリート捜査官どうしの対話に耳をかたむけた。涼子の何言《なんこと》めであったか。

「Ｍａｌｉｇｎｅ《マリーン》」

と、そう聞こえた。

フランス語に関しては劣等生だった私だが、この単語には記憶がある。「何か邪悪な」とか、たしかそんな意味だった。よい意味ではないのだが、涼子の口から発せられると、妙《ふ》に優美なひびきがある。まったく、声まで魅惑的なのだから、つぎからつぎへと犠牲者が増えていくのはゼヒもない。

デュボア氏は二、三度、私に視線を向け、直接、話しかけたそうなようすだった。だが彼はまったく日本語をしゃべれないので、涼子を介《かい》さずに私と話しあうのは不可能だった。

フランスだろうと日本だろうとアメリカだろうと、捜査官の執務室なんて似たりよったり、殺風景《さっぷうけい》なものだ。ロココ様式《ようしき》に統一された薬師寺涼子の執務室をのぞいて。室内を観察しながら、私は空港に出現した怪物について考えてみたが、どう結論の出しようもなかった。

やがてデュボア警視長が大きく両手をひろげた。悠々《ゆうゆう》と、しなやかな動作で、涼子が椅子から立ちあがる。

「話は終わったわ、行こうか、泉田クン。シンデレラの魔法はとっくに解《と》けてる時刻だものね」

「いいんですか」

「何かわかったら報《しら》せてくれるそうよ。ご親切に甘えましょ」

フランスは近代民主国家だが、同時に警察国家の側面もある。たとえば、外国人はつねにパスポートを携帯していなければ、逮捕されてもモンクはいえない。奇怪な殺人の現場にいあわせて、このていどで解放してもらえるのは、ひとえに薬師寺涼子の力であるだろう。

扉を閉めるとき、私は、デスクにすわって腕を組んでいるデュボア警視長の姿を見たが、表情はよくわからなかった。廊下を歩き出して、私は涼子に問うべきことを思い出した。

「で、ホテルはどこにあるんですか」

「ホテル？」

「予約してあるんでしょう？」

私の問いかけに、涼子は、涼子らしい口調で答えた。

「何いってんの、自分のアパルトマンに泊まるのに、予約なんかしてないわよ」

そうか、涼子はオカネモチだった。パリ市内にアパルトマンを所有していても、何ら不思議ではない。だが私はオカネモチではないから、どこか安ホテルをさがさなくてはならない。日本語の通じる観光案内所が、この近くにあるだろうか。困惑している私の顔を、涼子が見あげた。

「君、誤解してるでしょ、あたしのこと」

いきなり詰問《きつもん》されてもこまる。私が涼子のことをすべて理解できているはずもないが、いまことさらそんなことを口にした涼子の真意は何だろう。

「あたしのこと、部下を異国の都市に放り出してぬくぬくしてるような冷酷な上司だと思ってるでしょ。とんでもないヌレギヌだわ。君もあたしのアパルトマンに泊まるのよ」

「でもそういうわけには……」

「うるさい。客用寝室に泊まるのよ、上司命令！」

客用寝室ねえ。それこそ「召使い部屋《サーバント・ルーム》」のまちがいだと思うが、冬の深夜、異国の都市で宿を求めてさまようより、はるかにましだ。

「すみません、泊めていただきます」

「そう、最初からスナオにそういえばいいのよ。まったく、君みたいに、上司の好意をスナオに受けとらない部下が、警視庁にほかにいるかしらね」

廊下にたたずんでいる警官ふたりの前を、私たちは通りすぎた。

警官たちは私たちのほうに視線を投げつけて、何やらささやきあっている。声が聞こえなくても、フランス語を理解できなくても、何をいってるかちゃんとわかった。書く必要もないくらいだ。

　私たちはしばらく廊下を歩きつづけた。

　廊下は広く、天井は高く、照明の光は鈍く、全体として埃《ほこり》っぽい。東京の警視庁よりはるかに古風で旧式だが、窓ごしに中庭が見おろせて風情《ふぜい》があるし、ジュール・メグレ警視の執務室に擬《ぎ》せられる部屋もこの建物のどこかにあるはずだ。

　暖房効率の悪い階段をおりて出入り口のアーチに向かうと、音をたてずにティッシュで鼻をかんでいる北岡の姿が見えた。涼子に気づくと、一瞬、ティッシュの捨てどころに迷うようすだったが、すばやくコートのポケットに押しこんだ。

「お嬢さま、とんだご災難でしたね。車をまわしておきましたのでどうぞ。荷物も積んでございます」

　あいかわらず私を静物《セイブツ》のように無視して、涼子ひとりに平身低頭《へいしんていとう》する。いそいそと涼子を駐車スペースに案内しようとする北岡に、涼子がごく静かに声をかけた。

「北岡クン、空港では何もいわなかったけどね」

「は、何でございましょう、お嬢さま」

　涼子は私のほうを片手で指《さ》した。

「こちらにいるのは警部補の泉田クン。あたしのためなら生命もタマシイもすてるといってる忠実な部下よ。わざとらしく無視してないで、紳士らしくアイサツなさい」

涼子の紹介のしかたは不正確だったが、私の顔を立ててくれたのはたしかだ。北岡は私を見た。露骨《ろこつ》に値ぶみする目つきだったが、そんなことは空港ですんでいたはずで、たぶんこれは私に対する意思表明だろう。お前みたいな非《ノン》エリートは相手にしないぞ、というわけだ。

「よろしく、泉田サン。お嬢さまがいつもお世話になっております」

手を差し出してきた。毒くらわば皿まで、とでも思ったのだろう。差し出された手をはらいのけるほど、私は好戦的な人間でもないので、「どうも」とか何とかいいながら握手に応じた。

そのありさまを意味ありげな目つきでながめていた涼子が、ハイヒールの踵《かかと》を鳴らして車へ向かう。男ふたりはそれにしたがった。北岡が私より一歩先に行こうとあせっているので、好きなようにさせてやった。

じつは心配していたのだが、私のスーツケースも涼子のものと同様、ちゃんと車のトランクに納《おさ》まっていた。アルジェリア出身だという運転手がハンドルをにぎり、涼子と私が後部座席。北岡は不本意そうに助手席に乗りこみ、車は深夜の街を一六区へと向かった。

大都市圏はともかく、本来のパリ市は面積一〇六平方キロだそうで、これは東京でいうと山手線《やまのて》の内側よりひとまわり広いていど。それが二〇の区に分かれている。区ごとの固有名詞はなく、一区、二区、三区……と数字で呼ぶのは、合理的というのか散文的というのか。いや、パリならこれもオシャレということになるのだろう。

一六区はパリ西端、凱旋門《がいせんもん》の建つエトワール広場の西側にはじまり、ブーローニュの森までつづく広大な区で、だいたいにおいて高級住宅街である。と、ガイドブックには書いてあった。

薬師寺家のアパルトマンは一六区の北、ブーローニュの森への入口とヴィクトル・ユゴー通りとのほぼ中間にあるという。眺望絶佳《ちょうぼうぜっか》だろう、というていどの想像はついた。

深夜、しかもはじめての街だ。闇と霧と灯火が車窓《しゃそう》の外を流れ去り、どこをどう通っているのか見当もつかない。

「泉田クン、何を考えこんでるの？」

「いや、つまらないことです」

「つまらなくていいから、いってごらん」

「いえね、どうしてこう行く先々で怪物だの妖怪だのが出現するんだろうと……普通の人だったら一生、一度もそんなものに出会いませんよ」

「しようがないわね。たぶん、あたしたちは普通じゃないのよ」

また無分別に一人称複数形を使う。普通でないのは涼子だけで、私は巻きぞえをくっているだけだ。そうにちがいないのだ。私はごくごく普通の、平凡で善良な公務員にすぎない。

そのはずであるが、なぜか私は反論しにくい気分だった。

「いや、それにしてもおそろしいことがあるものですね、お嬢さま」

助手席から、北岡が話に割りこんできた。

「あまり危険なマネはなさらないよう、社員一同、心からお嬢さまにお願いいたします。空港にあらわれたのは、聞けば悪魔のように奇怪な生物とか」

「悪魔ぐらいでびびってどうするの。世の中には悪魔なんかよりひどいやつがいくらでもいるのよ！」

涼子がいうと、じつに説得力がある。本人にもうすこし自覚があれば、「あたしをごらん」とつづけるにちがいないが、そこまで期待するのはまちがいだ。

運転手が何かいった。車のスピードが落ちる。どうやら目的地に着いたらしい。途中でエトワール広場を通ったかもしれないが、凱旋門の姿には気がつかなかった。観光客としては失格である。

車がすべりこんだのは、第二帝政期の軍人貴族の大邸宅を思わせるアパルトマンの中庭だった。運転手がスーツケースをトランクからおろす。北岡は帰りたくないようすだったが、涼子は、

「あとは泉田クンが運んでくれるから、それじゃおやすみ」

といって、車ごと彼を追いはらった。私は両手にスーツケースをさげ、涼子とともに玄関

に向かった。

「この時刻じゃ、おとなりに迷惑でしょうね」

「となりの住人なんていないわよ」

「え？」

私はまぬけな表情《かお》をしたにちがいない。涼子はいらだたしげな口調になった。

「この建物全体、あたしのものなの！」

「なるほどなるほど」

「なるほどは一度でいいの」

玄関の、時代がかったベルを押すと、ドアホンの応答があった。涼子が名乗ると、重々しいひびきとともに扉が開く。

「おどろくことないわよ。パリの不動産価格は、東京よりずっと安いんだから。四分ノ一ってところかしらね」

だとしても、何億円することやら。

彫像や絵画の飾られた広い玄関ホールは、シャンデリアに照らされて、美術館めいた雰囲気だ。と、ふたりの少女が姿をあらわした。

絵に描いて額縁《がくぶち》をつけたようなフレンチ・メイド姿だ。ふたりとも一〇代後半というところで、ひとりは栗色の髪に青緑色《ブルーグリーン》の瞳。もうひとりは髪も目も黒く、肌は小麦色で、フランスに多い北アフリカ出身の移民の少女かと思われた。

「どうせなら美青年、美少年、美少女をはべらせたいわね」

と、涼子は言明《げんめい》したことがある。どうやらパリでそれを実行しているようだ。フランス語で何か彼女たちに命じてから、涼子は私を見やった。

「万事あした起きてからにしましょ。この娘《こ》に部屋に案内させるわ。お腹すいてる?」

「いえ」

「夜食はいらないわね。それじゃおやすみ」

かるく右手をあげると、涼子はホールの左側へと歩き出した。栗色の髪をゆらしながら、メイドのひとりがスーツケースをさげてしたがう。黒い髪のメイドが私のスーツケースに手を伸ばそうとしたが、私が自分でスーツケースを持ちあげてもう一方の手を振ってみせると、うなずいて私を先導した。ホールの右側へと私を案内する。

いくつかの扉の前をすぎて、メイドが私をかえりみた。扉を開き、私に向かって、部屋にはいるよううながす。

「メルシー」

芸のない言葉だが、何とか異国人《エトランゼ》の謝意《しゃい》は通じたらしい。ほほえんで、メイドがぴょこりと頭をさげたのは、日本風の社交儀礼だろうか。

ひとり残されて、私は室内を見わたす。ホテルでいえばデラックスツインというところだ。セミダブルベッドがふたつ、その間にナイトテーブル、窓辺にライティングビューローと椅子、壁ぎわにクローゼット、それにコーヒーテーブルとふたつのアームチェア。水車小屋を描いた油絵が一枚。ＴＶもあるからＮＨＫの国際放送が見られるかもしれない。

廊下への扉と九〇度の角度で、べつの扉がある。あけてみるとバスルームだった。今夜の予定は決まった。贅沢《ぜいたく》そうな大理石製のバスタブに熱い湯をみたし、そこを出たらベッドにころげこむ。すべては夜が明けてからのことだった。

第二章　女王対女帝

I

めざめたとき、自分がどこにいるのか数秒間わからなかった。陳腐《ちんぷ》きわまる表現で恐縮だが、事実そうだったのだから、プロの文筆家でもない身ではいたしかたない。

むろんそこは薬師寺家の所有するアパルトマンの客用寝室だった。国内の出張で宿泊するときは、現地の警察の寮か安っぽいビジネスホテルに決まっているから、貧しい公務員の私としては、めざめてもベッドのなかでぬくぬくしている気分になれなかった。点呼《てんこ》されたわけでもないのに、はね起きてしまう。

バスルームにはいって朝やるべきことをすべてすませ、ひととおり身仕度《みじたく》をととのえたところに、ノックの音がした。昨夜の黒い髪のメイドがあらわれ、微笑とともに何かいった。

「ありがとう、すぐ行くよ」

日本語で答えたが、意味は通じたはず。かってにそう思っていると、メイドは、中途半端《ちゅうとはんぱ》に微笑を消して、私の手を引っぱった。しかたなく私は引っぱられ、エレベーターホールにつれていかれた。

エレベーターを出ると、暗い灰色の壁にかこまれた。パリの朝は濃い霧につつまれており、私は屋上のガラスルームにつれてこられたのだ。

暖房の効《き》いたガラスルームには観葉《かんよう》植物や花が並べられ、中央のテーブルには、美しい女主人が女王然として着席していた。

「時差ボケはとれた？」

「おかげさまで、すっきりしました」

「じゃ、さっさと朝食をすませましょ。エネルギーを補給して、万事はそれから」

フランス風の朝食ならクロワッサンとコーヒーだけのはずだが、テーブルの上には料理と食器があふれている。パンだけでも四種類、オムレツにサラダにスープ、冬のヨーロッパとしては贅沢《ぜいたく》な果物も、木苺《きいちご》、林檎《りんご》、オレンジ。五種類のチーズに三種類のハム、飲み物はコーヒーのほかにミネラルウォーターも三種類。寒いとき寒いところで活動するには、涼子のいうとおり、充分なエネルギー補給が必要だ。たぶん私は自分で思っているより、ずっとずぶといのだろう。熟睡からさめたら今度は空腹という順番どおりである。

日本の新聞が三種類置かれていた。海外の大都市で売られている衛星版というやつだ。ちらりと一面を見ると、またぞろ乱脈《らんみゃく》経営の銀行が破綻《はたん》寸前で、政府が三兆円の公的資金を投入する、と書いてある。他の国ではどうか知らないが、私の生まれ育った国では、銀行家というのは「責任感もプライドもない物乞《ものご》い」という意味になるらしい。

私とちがって、涼子のほうはフランス語の新聞に目を通している。どうやらル・モンド紙とフィガロ紙のようだ。

「まだ昨夜の空港の件は記事になってないみたいね」

マイセン焼きのコーヒーカップを、涼子は受け皿に置いた。

「じゃ、泉田クン、出かけようか」

「ソルボンヌ大学へ？」

「あんなところ行く必要ないわ」

ヨーロッパ学術史の栄光につつまれた名門校に対して、失礼な言い種《ぐさ》ではないか。

「どこにあるか、ちゃんと知ってるしね。移転したという話も聞かないし」

「道順はご存じでしょうけど、事前の打ちあわせとかしなくていいんですか」

「いいのよ」

さようで、としか応《こた》えようがない。

「それじゃどこへ行くんです？」

「君はどこへ行きたいの」

「……は？」

「パリははじめてなんでしょ。凱旋門、エッフェル塔、ルーブル美術館、旧オペラ座、新オペラ座、ノートルダム寺院、ブーローニュの森、シャンゼリゼ……どんな俗っぽいところでも案内してあげるわよ」

「私はパリに観光に来たんじゃありませんよ」

お傅《も》りに来たんだよ。

私のお傅りの対象は、私の公僕《こうぼく》としての発言を、鼻先で笑いとばした。

「日本国じゃ観光も接待もりっぱな公務よ。パリの日本大使館に尋《き》いてごらん、代議士夫人がブランド品を買いあさるのにオトモするのが、大使館員のいちばんだいじな公務なんだから」

そのとき電話のベルが鳴って、栗色の髪のメイドが受話器をとりあげた。ひとことふたこと話してから、うやうやしい動作で、涼子のもとへ電話機ごと運んでくる。オウヨウな態度で、女王さまは受話器を手にした。

「ムッシュ・デュボア？」

電話はどうやら司法警察のデュボア氏かららしい。話を聞きながら、私に向かって涼子が命じる。

「泉田クン、何か書くもの！」

私は胸ポケットに差していたペンを引きぬいた。メモ帳が手近になかったので、日本の新聞の全面広告のページから大きな余白の部分を引きちぎり、あわせて涼子に差し出す。

昨夜とおなじ、あざやかなフランス語で会話しながら、涼子はペンを走らせた。

電話を切ると、涼子は瞳に光を踊らせながら私のほうを向いた。

「昨夜、空港で殺害された老人の身元がわかったんだって」

「ほう、何者です？」

「ええとね」

涼子は新聞紙の破片をとりあげ、自分で書いたフランス語のメモを日本語に翻訳しはじめた。

「名前はルイ・パンドロー。勤務先は……」

語尾を消して、涼子は小首をかしげた。そういう動作をすると、意外に少女っぽい印象になる。魔界の女王らしく見えないところが、また曲者《くせもの》である。

「どうかしましたか」

「泉田クン、アルゴって知ってるよね」

「パリでは知りませんね。日本でなら、そうだな、マンモス企業のアルゴなら知ってますが」

「そのアルゴよ。パリにアルゴのヨーロッパ本社があってね。パンドローは料理人で、ヨーロッパ本社の総支配人のお屋敷につとめてたんだって」

「総支配人というのは日本人ですか」

「そう、オーナーの娘」

巨大企業アルゴといえば、「黄金の羊《ゴールデン・シープ》」のマークで世界的に有名だ。ギリシア神話にアルゴという名の船が登場する。その船に乗りこんだ勇者たちが、魔法の黄金の羊皮を求めて世界の涯《はて》まで航海する。ざっとそんな話だった。だから社名のアルゴに対して、マークは黄金の羊というわけだ。

アルゴはもともと電気機械をつくる会社だったが、時代の変化を先どりして、伝統的な機械部門をどんどん切りすて、高度のエレクトロニクスとメカトロニクスの会社に変身した。いまではコンピューターや情報通信産業の部門で、世界屈指《くっし》の存在だ。じつは涼子がまんまと六〇億円の大金をかせいだ株も、アルゴの子会社のものだった。

「よし、ターゲットは決まった」

涼子が意気ごむ。この場合、ターゲットは「犠牲者」と訳すべきだろう。

「アルゴのヨーロッパ総支配人の名は、藤城奈澄《ふじしろなすみ》っていうんだけどね、おなじこの一六区に邸宅をかまえてるの。ここはひとつ押しかけてみるべきね。相手の出かたによって、つぎの一手を考えるとしましょう」

「講義のために予習はしなくていいんですか」

「予習ですって？　オーッホホホ！」

涼子は高笑いした。その姿を、ふたりのメイドがあこがれのマナザシで見つめている。こまったものだ。

「あたしは生まれてから一度も予習なんてしたことないわよ。いい？　予習してわかるようなことなら、本番の授業を受ける必要はないじゃない。予習してもわからないようなことなら、予習するだけ時間のムダで、本番の授業を受ければすむことよ。どう、あたしのいうこと、まちがってる？」

明らかにまちがっている。だが、どうまちがっているのかを理論的に説明するのは、私にはむずかしい。こんな非教育的なことをいっていいのか、と思うが、もともと涼子は教育者なんかではなかった。

「ほら、出かけるわよ、ついておいで」

とは、涼子はいわなかった。私はネクタイをしめてコートをひっかけ、パスポートを確認すればすぐにでも出かけることができるが、女王陛下はそうはいかない。お召しかえの時間が必要である。

たいして長くは待たされなかった。私の目には、ちょっとルージュをさしただけとしか見えなかった。だいたい化粧の必要がないほど、目鼻《めはな》立ちも肌も美しいのだ。服装も、セーターの色が昨夜とちがうだけのように思えたが、それは私にファッション的観察眼が欠けているだけのことだろう。

　それにしても、メイドたちが涼子を見る目は、他人事ながら気にかかる。単なるあこがれならまだしも、涼子を目標にして見習ったりしないでほしいものだ。薬師寺涼子は地上にひとりで充分。亜流がふたりもいれば、たちまち飽和《ほうわ》状態である。

　私たちはエレベーターで一階《レ・ドウ・ショセ》におりた。この豪華な建物は、あくまでアパルトマンなのだが、いまのところオーナーの日本人一家（つまり薬師寺家）以外は空室になっているのだという。

　玄関を出ると、涼子が立ちどまって私をかえりみた。

「ほら、エッフェル塔。ここから一キロちょっとの距離よ」

　涼子の指さす先に、絶妙の曲線《カーブ》を描く鉄の塔を眺めやり、はじめて私はパリに来たことを実感した。ただ、それも一瞬のことで、たちまち灰色の霧が渦巻いて、エッフェル塔の姿を隠してしまう。

「歩いて一五分ぐらいだから歩こう。その間に作戦も立てたいしね」

　女王さまが腕を出したので、侍従《じじゅう》もうやうやしく自分の腕を出して応じた。

II

灰色の霧のなかにわだかまる木々は、亡霊の群れのように見えた。たぶん、べつの表現だってできるのだろう。身体をくねらせるアクロバット・ダンサーとか。だが、第一歩のシャルル・ド・ゴール空港での事件は、パリに対して妖都《ようと》の印象を私に植えつけたようだ。いくら冬のパリが暗くて寒くて陰鬱《いんうつ》だといっても、午前中からこんな日は、さすがにめずらしいだろう。涼子の説明によると、私たちはヴィクトル・ユゴー通りを左へそれ、パッシーに向かって南下しているそうだ。行きかう男女はコートの襟《えり》を立て、白い息を霧の濃さに加えながら、早口でさえずりあっている。

ベレー帽をかぶって犬をつれた老人が、うつむきかげんに私たちとすれちがった。開店準備中のアンティークショップからは、シャンソン「枯葉」のメロディがかすかに流れてくる。でもって、私と腕を組んでいるのは、どこの国へ持っていこうと絶世の美女。浪漫《ろうまん》チックな気分になっていいはずなのだが、日本語でかわされる話題はサツバツたるものだった。

「昨夜の件、計画殺人だと思う?」

「計画殺人といってもね……年をとった気の毒な料理人を殺して、何の利益があるんです?」

「そう、それよ。何だと思う？」

四歩の間、私は沈黙し、五歩めに答えた。

「口封じ」

「悪くない線ね」

口封じのためだとしたら、人知れぬ場所で殺害して、人知れぬ場所に埋めてしまうのがいちばんいい。国際空港ビルのように人が多勢いる場所で、殺人をやってのけるのは愚《おろ》かなことだ。だが昨夜のように、人前で異形《いぎょう》の怪物を使ったら、あまりの非常識さによって現実感は遠のき、捜査はかえって行きづまるかもしれない。

それに重要な点がある。昨夜の事件は何者かの計画どおりに運んだのではなく、ミスの結果かもしれない、ということだ。

私はときどきフシギな気がする。文化人やジャーナリストといわれる人たちは、「犯罪者はミスをしない」と信じこんでいるのだろうか。

弁護士とその妻子が、狂信者団体によって殺害された、有名な事件がある。そのとき狂信者団体のバッジが現場に落ちていた。当然まっさきにその団体が疑われるべきだが、団体のスポークスマンは、ぬけぬけといってのけた。

「われわれが犯人だとすれば、わざわざ現場にバッジを落としたりするわけがない。これは、われわれに罪を着せようとする、宗教弾圧の陰謀だ」

あきれたことに、多くの文化人やジャーナリストが、この安っぽい詭弁《きべん》を信じこんだ。真相を追求する人々を、犯人たちといっしょになって非難した文化人までいる。だが事実は……いまでは誰もが知っている。

風が吹き、霧が流れた。パリというよりロンドンのようなイメージだ。

涼子のハイヒールの踵がずっとリズミカルなひびきをたてていたが、それがとまった。

「ここよ」

パリ市内に一戸建ての住宅《メゾン》はすくないというが、これは一戸建てで、しかも威風堂々たる大邸宅だった。高い石の塀と蒼《あお》みをおびた鉄ばりの門扉《もんぴ》とがやや排他的な印象だが、暗い灰色の空にはそれがよく似あう。

石塀の向こうに、葉をすっかり落とした樹々の梢《こずえ》がかさなりあい、さらにその向こうに窓の列が見えた。いくつも煙突の立つ屋根の高さから判断して、四階プラス屋根裏というところか。地下室はいうまでもなく、パリの建物では当然である。

門扉は完全に閉ざされてはいなかった。手で押してみると、意外になめらかに開く。

涼子を先に通して、私も門のなかにはいった。石を敷きつめた前庭には、馬車の五〇台くらい置けそうだ。たちまちフランス語の叫びとともに、制服姿の警官たちが飛んでくる。

このとき涼子は一歩すすみ出ると、警官たちに向かって、フランス語でつぎのように述《の》べたてたのだった。

「自分はソルボンヌ大学の犯罪学の客員教授で、国際刑事警察機構《インターポール》の関係者である。自分に対して非礼な行為があったときには、パリ司法警察のデュボア警視長が貴官《きかん》らを重く罰するであろうぞ」

ソルボンヌを「あんなところ」といったくせに、正式の客員教授ではなく一日だけの講師にすぎないくせに、国際刑事警察機構でもパリ司法警察でも迷惑がられているくせに、涼子は利用できるものは何でもかんでも利用するつもりのようだ。

先進国だろうと発展途上国だろうと、制服を着た人間はおおむね権威主義のシモべである。たちまち警官たちは恐縮《きょうしゅく》し、私たちを上司のもとへ案内した。むろん彼らは昨夜の件で、気の毒な犠牲者ルイ・パンドロー老人の勤務先と住所を捜査するためにやってきているのだ。

捜査主任のクレモン警部は、たぶん五〇歳くらいだろう。豊かな頰《ほお》も、太い鼻も、はげあがった頭部も、つやつやと赤い。身体つきも丸っこくて、サンタクロースの扮装《ふんそう》をしたらよく似あいそうだった。そういえば、パリはノエルの直前である。

涼子を見ると、クレモン警部は、素朴《そぼく》な賛美の表情を浮かべ、目もとと口もとを同時にゆるめた。涼子がパリジェンヌ級のフランス語で話しかけると、眉をあげたり首を振ったり両手をひろげたり、全身を使って応じる。

ときおり涼子はクレモン警部との会話を中断し、私のほうを向いて日本語に訳してくれた。ありがたいことだが、日本ではもっぱら私のほうが涼子の通訳をつとめる。涼子が失礼なことをいうと、私ができるだけ無害な日本語になおして相手に伝えるのだ。だから、まあ、おたがいさまということにしておこう。

結局、パリ司法警察の捜査はまだこれからの段階で、何もわかっていないということだった。だが涼子が眉をしかめたのはべつの件である。

「もうこの家に日本の警察官が来ているんだって……誰かしら」

涼子が小首をかしげたとき、玄関ホールの隅に人影があらわれた。スーツ姿の若い女性。彼女の名を私も涼子も知っている。室町由紀子《むろまちゆきこ》というのだ。

III

声をあげて指さしたりはしなかったが、薬師寺涼子と室町由紀子は、再会の喜びなどカケラもない目つきでにらみあった。

室町由紀子は警視庁警備部の参事官で、年齢も出身校も階級も薬師寺涼子とおなじである。父親は何代か前の警視総監だった。茶色っぽい短髪の涼子に対して、漆黒《しっこく》の髪を長く伸ばしており、眼鏡の似あう知的美人だ。涼子とちがって、かたくるしいマジメな公務員であり、したがって天敵どうしということになる。

　クレモン警部はふたりをたがいに紹介するつもりだったのかもしれないが、そんな親切は無用というものだった。まず由紀子が詰問《きつもん》する。

「どうしてあなたがここにいるの？」

「あーら、いたら悪いの？」

「悪いとはいってないでしょ。どうしてあなたがパリにいるのかって尋《き》いてるだけよ」

「答える義務はないわね」

「あらそう、よっぽどうしろぐらいところがあるみたいね」

「あるわけないでしょ、あんたじゃあるまいし」

「だったら答えたらいいでしょう」

「パリにいようと四次元世界にいようと、あんたの許可をもらうつもりはないわよ。まったくこの女、自分を何サマだと思って、えらそうな口をきくのかしら」

「あなたこそ自分を何サマだと思ってるの!?」

「あたしは薬師寺涼子サマよ！」

　私は溜息をつきかけた。と、横あいから私の肘《ひじ》をつつく者がいる。ある予感がして、私は振り向きたくなかったのだが、しかたなく振り向いた。予感的中。室町由紀子の部下である岸本明《きしもとあきら》警部補が、ゆるんだ口もとで私にアイサツした。由紀子と涼子を見やりながら声をひそめる。

「ふたりとも優秀なキャリアなのに、顔をあわせると何だってああオトナゲなくなるんでしようねえ」

「磁石の＋《プラス》どうし、反発しあうんだろうよ。で、お前さんたちはどうしてパリに来てるんだ？」

「宗教テロについての対策会議があったんですよ。いわゆる先進国の警備公安警察の関係者が集まってね。イスラム教の原理派とか、キリスト教の極右派とか、何とか真実教とか、つぎからつぎへと出てきますからね」

「全然知らなかったな」

警備公安警察は秘密主義の総本山だ。もっとも、岸本個人はおしゃべりな男である。私とおなじ階級だが、キャリアだから、年齢は私より一〇も下だ。

「お涼サマと泉田サンは何の御用でパリに？」

岸本に問われて、私がざっと事情を説明すると、赤ん坊がそのまま大きくなったような顔つきで、彼はもっともらしくうなずいた。

「はあ、刑事部でもそういうことがあったんですか。知りませんでした」

「警備部《おたく》とちがって、べつに隠してたわけじゃないぞ」

「わかってますとも。ボクが思うに、これは官僚機構のタテワリ行政の弊害《へいがい》ですね。右手のやっていることを左手が知らない。これでは二十一世紀の多様《たよう》な犯罪に対処できません」

「そりゃキャリア官僚の責任だろ」

「ごもっともです。ボクが警察庁長官になったアカツキには、そういう組織の欠陥をあらためるべく努力しますよ」

そんなアカツキは永久に来てほしくないような気がしたが、私は口には出さなかった。よほどの不祥事をおこすか、革命でもおきないかぎり、こいつが私よりはるかに出世することは確実なのだ。

「で、お前さんたち、いつパリに着いたんだ」

「ええと、四日前ですね」

「昨夜《ゆうべ》シャルル・ド・ゴール空港にいなかったか」

「ええ、いましたいました。大阪府警の人といっしょにパリに来たんですが、その人はボクたちよりひと足はやく、昨晩帰国しましたんでね。見送りにいったんです」

昨夜、空港ビルの雑踏《ざっとう》のなかで感じたものの正体がわかった。誰か知人を見かけたような気がしたのは、室町由紀子と岸本の姿が視界をかすめたからだ。

「いやあ、ボクたちきっと御縁があるんですね。よかったらごいっしょしませんか。じつはね……」

岸本の舌がフル回転をはじめようとしたとき、勢いよくハイヒールの踵が床にひびいて、私の上司の声が飛びかかってきた。

「泉田クン、何だって敵と仲よく話しこんでるの！」

「敵とはひどいなあ、おなじ警視庁の仲間じゃありませんか」

岸本はせつなそうに両手を揉《も》んだ。まあそこまではいいが、頼むから、全身をくねらせるのはやめてくれ。

「パリでお涼さまにお目にかかる予定はなかったのに、こうやってお会いできるのも、きっと運命ですよ。おなじ日本人どうし、仲よくやりましょうよ」

「あたしたちはまだ仕事がすんでないけど、あんたたちの出張はもう終わりでしょ。さっさと日本へ帰りなさいよ。仕事のジャマされたら迷惑だわ」

冷然と涼子は言い放つ。予習も下見もしない人間にしては、りっぱな台詞《せりふ》である。

「そうですか、いっしょに行ったらおもしろいのになあ」

残念そうにいいながら、岸本は、小脇にかかえていたパンフレットを持ちなおした。見ると、レオタードを着てリボンやボールを手にした少女たちのアニメ風のイラストが描かれている。日本の人気アニメ「レオタード戦士ルン」のヒロインたちだ。

「知ってますか、泉田サン」

「何を？」

「『レオタード戦士ルン』はいまやフランスでも放映されてるんですよ」

「……それで？」

「明日、コスプレ大会があるんですよ。一九区のラ・ヴィレット地区の大展示場《グランド・アル》を借りきって。フランスだけじゃなくて、ベルギーやイギリスからも、あわせて一〇〇〇人以上が集まるんです。わくわく」

「お前さん、それがメアテで、公務にかこつけてパリまでやって来たんだな」

「ちがうといったら信じてくれますか」

「ちがうとはいわないいだろ」

「えへへ、じつはそうなんです」

頭をかいてみせたが、悪びれたようすはない。

「たとえ警察官僚だって、アニメのコスプレ大会を楽しむ権利ぐらいありますよね」

「接待づけや裏金《ウラガネ》づくりよりはましだろうな」

「それはもっと出世してから……あ、いえ、それでお涼サマは今日これからどうなさるんで」

決まっている。パリ司法警察の捜査にクチバシを突っこんでジャマをするのだ。おりから涼子が私を手招きした。

「さて、これからだけどね、泉田クン」

「いっておきますが、ここはパリですよ」

「君にいわれるまでもないわよ」

「だったらどうして当局の捜査に首や手や足を突っこむんです？　あなたには何の権限もないんですからね」

涼子は不平満々の目つきをした。

「権限がなきゃ何もやっちゃいけないとでもいうの？」

「普通はそうなんですよ」

「そうよ、お涼、あなたには何の権限もないんだから。軽挙妄動《けいきょもうどう》して、当局の捜査を妨害しないようにすることね。フランスとの外交関係にヒビでもはいったら国際問題よ」

室町由紀子に手きびしく決めつけられて、涼子は瞳に敵意の炎を燃えあがらせた。

「いちいちうるさい女ね。眉間《みけん》にシワよせたら威厳がそなわるとでも思ってんの？　ムリしなくても大丈夫よ、どうせすぐシワだらけなんだからさ」

由紀子の柳眉《りゅうび》がさかだつ。まずい、という判断はとうにできていたが、私にいったい何ができたというのであろう。

「シワなんかよってません！　わたしがいいたいのはね、あなたがあまりにも警察官としての自覚と自省に欠けてるということなの。いままで何度も切りぬけてきたのはけっこうだけど、あなたの悪運だってそろそろ底をつくころよ」

「はいはい、資源はたいせつにしたいものよね。あたしは悪運、あんたは若さ、おたがい残りすくないものねえ、オーッホホホホ！」

高笑いとともに、涼子は頭をそらせたが、その目に何か映《うつ》ったらしい。色白の頰《ほお》を紅潮させる由紀子を無視して、ホールの反対側に視線を送った。反撃しようとした由紀子がつられてそちらを見る。中年の日本人男性が姿をあらわしたところだった。

「ああ、平河《ひらかわ》先生よ。わたしの父と同期の」

私のほうを見て、親切にも由紀子が説明してくれる。

代議士の平河勝英《かつひで》だった。警察庁のキャリア官僚から転じて政界入りし、国土交通大臣をつとめ、現在では与党の大政翼賛《たいせいよくさん》連合で派閥のボスに成りあがっている。子分の国会議員は六〇人。「一〇年後には首相」という声すらある。いまの警察庁長官も、退任後は参議院の選挙に出て、彼の派閥に属する予定だ。

「平河代議士とも知りあいなんですかね、ここの住人は」

「ま、ここはパリ在住の日本人たちのサロンみたいなものだからね。だからお由紀もいるんだし」

涼子は皮肉っぽく平河代議士を見やった。

IV

日本の新聞やTVは忘れたふりをしているが、平河代議士には黒い噂《うわさ》があった。三年ほど前のことだ。やはり大政翼賛連合の泡井《あわい》という代議士が汚職をかさね、ついに仲間もかばってくれなくなって、ホテルで首つり自殺した事件があった。翌日には逮捕状が出される、という切迫《せっぱく》した状況で、心理的に追いつめられて首をつったのだろう、といわれたが、

「泡井代議士はヤケになって、自分が逮捕されたら与党のスキャンダルを全部しゃべるつもりでいたらしい」

ともいわれ、「自殺と見せかけて謀殺《ぼうさつ》されたのではないか」という説もあったのだ。

泡井代議士の死体を最初に発見したのは彼の夫人だった。泡井夫人は警察も救急車も呼ばず、まず夫のボスである平河代議士に電話をかけた。三人の秘書とともに、平河代議士はホテルへ駆けつけた。さらに一時間後、ようやく連絡を受けて警察が踏みこんだときには、泡井代議士の死体はベッドに寝かされ、現場はきちんとかたづけられていた。

「泡井クンの死体は天井の照明からぶらさがったままだった。きちんと寝かせてやらないとかわいそうだ。これは人としてのナサケというものだよ」

もっともらしいことを平河代議士は口にしたが、変死体が発見された際の「現場保存の法則」を、警察OBが踏みにじったことはたしかだ。警察への連絡が一時間も遅れたのはなぜか、その一時間のうちに何があったのか、誰しもあやしまずにいられなかったが、今日まで解明されることはない。

現場をかたづけてしまったのが一般市民だったら、さぞ激烈な取調《とりしら》べを受けたにちがいな

いが、警視庁は平河代議士を呼びつけることさえしなかった。当時の副総監と刑事部長が平河代議士の事務所をおとずれ、その翌日、「泡井代議士は自殺」と警視庁が発表した。新聞各紙は疑問をさしはさむこともなく、発表をそのまま報道した。二ヵ月後、内閣改造がおこなわれ、平河代議士はめでたく国土交通大臣に就任したのである。

この種の権力者に対して、涼子はいつも虎視《こし》タンタンとしている。気にくわない相手だったら痛めつけて破滅させてやるし、気にいったら弱みをつかんで奴隷《どれい》にしてやろう、というわけだ。今回はどちらなのか、私がそう思っていると、涼子がささやいた。

「泡井代議士の件について、泉田クンはどう思ってるの？」

平河が犯罪捜査官としていかに無能だったとしても、「現場保存の法則」ぐらいわきまえていないはずはない。知っていながら無視し、「代議士にして警察官僚ＯＢ」の権威をもって強引に押しとおしたのだ。

「そうですね、泡井代議士が謀殺された、とまでは思いません。たぶん自殺でしょう。ただ、遺書があって、それにはずいぶんと与党にとってつごうの悪いことが書かれていた、と思われます。平河はその遺書を泡井夫人から奪《と》りあげて隠滅《いんめつ》し、夫人にも口封じをした。その功績で、まんまと国土交通大臣の地位を手にいれた、というのが、三文オペラの筋書《スジガキ》でしょうね」

長い台詞《せりふ》になった。私は平河代議士のような人物が気にくわない。犯罪の捜査にも事件の真相にも興味がなく、警察を、権力を手にいれるための踏み台としか考えてない奴らだ。

うなずいて、涼子はべつのことを口にした。

「ほら、ようやくこの邸宅のアルジのお出ましよ。アルゴのヨーロッパ総支配人」

「総支配人って、何をやってるんです？」

「支配人をいびるのよ」

簡明《かんめい》にして要を得た説明である。たしかにオーナー会長の娘が具体的なビジネスの実務に通じている例のほうがすくない。海外でも著名《ちょめい》な藤城《ふじしろ》一族のひとりとして、象徴的な存在ということだろう。

奥の扉からあらわれたのが、藤城奈澄だった。平河代議士と何やら言葉をかわすと、涼子に視線を向けて歩み寄ってくる。

奈澄の年齢は三〇代半ばというところであろう。肩口で切りそろえた髪も目も黒いが、日本人ばなれした印象をあたえるのは、彫刻を連想させる優美な容姿が、力強いほどの貫禄《かんろく》をそなえているからだった。身長は、涼子よりは低いが由紀子よりは高い。

涼子が女王とすれば、奈澄は女帝だ。緑の絹地に銀糸で孔雀《くじゃく》の刺繡《ししゅう》をほどこしたチャイナドレスを着ている。大胆なスリットからのぞく脚の線もみごとで、涼子にほとんどひけをとらない。

「ずいぶん手入れのいいこと」

皮肉っぽいつぶやきは、むろん、私の上司が発したものだった。負け惜しみではないにせよ、さすがの涼子が虚心坦懐《きょしんタンカイ》ではいられない。それほど存在感のある美女だった。

「涼子さん、おひさしぶり」

深みのあるアルトが、奈澄の紅唇《こうしん》から流れ出る。微笑は典雅《てんが》で、余裕にみちていた。

涼子のほうは、昂然と頭をそらしているものの、やや押され気味に見える。何とも稀有《けう》のことだ。ふたりが旧知《きゅうち》だとすれば、涼子のおさないころを奈澄は知っているのかもしれない。

「ええ、おひさしぶり。お元気そうで何よりですわ」

「お父さまにもしばらくお会いしてないけど、お元気でしょうね」

「元気も元気、プルトニウムをバケツいっぱい飲んでも平気なくらいです。たぶん、相続税の税率が下がるまで健在でいてくれると思います」

「あらあら、あいかわらずね」

ふたたび余裕ある微笑。世界は広い。涼子をおだやかにあしらえる女性が、人類のなかには存在するのだ。

「とにかく歓迎するわ。いつでも遊びにいらして。で、こちらは？」

視線を向けられて、私は我になくぞくぞくした。涼子がなぜか不機嫌そうに私を紹介する。

「そう、涼子さんの忠実な部下の方なの。パリ司法警察から聞いたところでは、パンドローは何か奇妙な生物におそわれて死んだそうね」

微妙な角度に眉をひそめてから、奈澄は私に笑いかけた。

「わたしは常識家ですから、怪物とか幽霊とかは信じませんけど」

「信じる信じないじゃないでしょ。存在するかしないかよ」

それまでいちおう涼子はていねいな言葉づかいだったのだが、このあたりで社交の必要を認めなくなったらしい。ひややかに、かつ苦々《にがにが》しげに言い放った。

涼子の口調はともかく、台詞《せりふ》の内容には私も賛成である。涼子とともに、存在するはずのない怪物と戦った経験が、私にそうさせるのだ。

「ではそういうことにしておきましょう」

奈澄の声はなだめるようでもあり、からかうようでもある。

「サロンにお茶の用意をさせるから、ゆっくりしてらしてね。そちらの警部補さんも。わたしはもう一度、司法警察の人と話をしなくてはならないの。あとでサロンに顔を出すから失礼に思わないでね」

「立ちあってあげようか」

「けっこうよ、平河代議士《せんせい》が立ちあってくださるから」

「へえ、そりゃ安心ですね。これ以上、心強いことってないでしょ」

涼子の皮肉に微笑で応《こた》えて、奈澄はゆっくりと歩き去った。チャイナドレスのせいか、ずいぶんと肉感的な後ろ姿だ。いったん離れていた由紀子が、何か話したいようなようすで私たちに近づいてきたとき、日本語の声がとどろいた。いつのまにあらわれたのか、和服姿の老婦人が、演劇《しばい》がかった身ぶりで、叫びたてたのだ。

「あー、おそろしやおそろしや。東の涯《はて》の国から、ひとりの女が災厄《さいやく》を運んでくるぞよ。その女は美しいが、邪悪と暴虐《ぼうぎゃく》にみちておる。その女にかかわったすべての者が不幸にみまわれ、地獄の火に焼かれることになろうぞ。おそろしやおそろしや。汝《なんじ》、見るなかれ聞くなかれ語るなかれ、ただただ祈るべし！」

涼子は、責任を問うような目を由紀子に向けた。

「何よ、あれ」

「ここのお客よ。日本ではけっこう有名な霊能者ですって」

「へえ、ゴキブリと霊能者って、どこにでもいるのねえ。ところで、あんた、この家に何の用があって押しかけてきたの？」

きちんと問いかければ由紀子だってきちんと答えるだろうに、こんないいかたをするから由紀子も、

「押しかけてなんかきてません！　あなたじゃあるまいし」

と答えてしまうことになる。またしてもよけいな戦火がまじえられようとしたとき、ひと

りの男が美女ふたりの間に割りこんできた。

「やあ、あいつぐ美女の登場でうれしいな。私、駐仏日本大使館の一等書記官で達増《たつそ》鷹夫《たかお》と申します。よろしく」

達増はブオトコではなかった。目鼻立ちのひとつひとつをとれば、私なんかよりよほど好男子である。ただ、ひとめ見た瞬間に両生類めいた印象を受けたのは、顔の横幅が広く、左右の目の間隔がやたらと開いているからであった。

「こりゃカエル男だわね」

涼子が私にささやく。彼女は、他人の容姿をけなすのに、まったく心理的抵抗をおぼえない人物である。私にそうささやいてから、涼子は、由紀子の存在を忘れたように、あでやかな笑顔をつくってみせた。

「大使館の方ですのね。これから何かとお世話になると思いますわ。どうぞよしなに」

「喜んで」

あわれな犠牲者は好色そのものの笑顔で応じた。室町由紀子は、涼子に対する戦意をとっさに捨てることができず、笑顔をつくりそこねたまま立ちつくしている。私はいたたまれなくなった。

「先にサロンを見てきます」

口実を考えついて、私はその場を離れることにした。廊下に出て角をひとつ曲がったとた

んに、岸本に出あう。岸本は不思議そうに問いかけてきた。

「泉田サン、さっきから正体がわからなくて気になってるんですが、あれはここのペットですかね」

ぎくりとして、私は岸本の視線を追った。

広い廊下の壁ぎわに、薄衣をまとった女性の大理石像が置かれている。北欧神話の女神らしい。その肩の上に小さな生物がいた。昨夜、シャルル・ド・ゴール空港でパンドロー老人の脳を吸いとった、サルともリスともつかない怪物だった。

V

「手を出すな、さがれ！」

私の声に鞭《むち》打たれた岸本が、愕然《がくぜん》として立ちすくむ。不用意に近づいて怪物に手を差しのべたところだった。

私は慎重に女神の大理石像に歩み寄った。近くに武器がないか、左右に視線を動かしたが、何も見あたらなかった。しかたない。私は怪物に視線をすえ、ゆっくりと上着をぬいだ。ぬいだ上着を左手にさげ、その左手を前方に突き出して、さらに怪物に近づく。と、涼子のものとは明らかにちがう女性の靴音がして、由紀子が廊下の角からあらわれた。私を見、視線を怪物にうつして立ちすくむ。

「何なの、いったい⁉」

由紀子の疑問はもっともだが、学術的に答えるだけの知識は私にもない。

「昨夜、空港で人を殺した怪物です。危険ですから近づかないでください」

「また怪物なの⁉」

由紀子の声はじつにいまいましげだった。

「お涼と怪物って、ほんとに相性《あいしょう》がいいのね。お涼のいるところ、かならず怪物があらわれるじゃないの」

「あなたもね」

とっさの応答で、深く考えての台詞《せりふ》ではない。だが由紀子はショックを受けたようすで、黙りこんでしまった。由紀子も私同様、何度となく涼子の怪物退治《たいじ》に立ちあわされているのだ。

にわかに悲鳴があがった。

怪物が岸本めがけて跳躍したのだ。岸本は跳《と》びのこうとして足をすべらせ、みごとに尻モチをついた。怪物の顔から岸本めがけて黒い細長い影が奔《はし》る。瞬間、私は床を蹴っていた。

左手につかんだ上着を、手首のスナップをきかせ、思いきり怪物めがけてたたきこむ。

怪物は床に落下した。たたきつけられる寸前、おどろくべき迅速《じんそく》さで体勢をたてなおし、着地するとほとんど同時にふたたび宙に飛びあがる。

この小さい邪悪な怪物が、どうやって人間の頭蓋骨に穴をあけ、脳ミソを吸い出すようなことができたのか。私にはわからなかった。いまではわかる。この怪物の舌は平たい板の形をしていない。棒状になっており、それを超高速で突き出して、頭蓋骨ぐらいは突き破ってしまうのだ。

気の毒なパンドロー老人の死因について悩んでいるデュボア警視長やクレモン警部にとっては、たいせつな情報だろう。だが、それも生者の証言が得られればこそだ。

怪物は床から一気に天井《てんじょう》に飛びつき、ついで壁へと飛んだ。さらに反対側の壁へ。信じがたい動きで人間たちを攪乱《かくらん》する。

フランス語の叫びがひびいた。血相《けっそう》を変えた男が、スーツの内側に右手をすべりこませている。クレモン警部の部下の刑事だろう。引き出した手は、光沢《こうたく》のある金属のかたまりをつかんでいた。

怪物の影が刑事の頭上を奔《はし》った。

刑事は床に伏せるべきだった。だが彼は身体をのけぞらせ、拳銃を頭上に向けた。同時に、飛翔《ひしょう》した怪物は刑事の右手に向けておそるべき舌を突き出した。

刑事の右手の甲から鮮血が噴きあがる。

刑事は悲鳴をあげてつんのめった。拳銃が宙を飛び、床に落ちて、衝撃で暴発した。火箭《かせん》が岸本の顔から一〇センチほど離れた空間をつらぬき、壁をうがつ。私が拳銃をすくいあげたとき、銃声を聞きつけた人々が廊下にあふれ出てきた。

フランス警察の制式拳銃は、ベレッタM92FSだ。これはイタリア製である。ごく一部ではフランス国産の銃も使われているそうだが、ベレッタのほうがはるかに性能がよい。お高い国粋主義のフランス人も、その事実を認めざるをえないのだ。

とにかく私はベレッタを手にしたが、うかつに発砲はできなかった。怪物は右へ左へ、上へ下へと飛びまわり跳《は》ねまわって、狙点《そてん》をさだめるのが容易ではない。しかも銃口の先には、何人もの男女がいりみだれており、誤射でもしたらそれこそ国際問題である。

「かまわないから撃っちゃいなさい、泉田クン！」

「だめよ、むやみに撃たないで、泉田警部補！」

連鎖《れんさ》する呼びかけの主たちはすぐにわかったが、応答する余裕もなかった。

突然。怪物のほうが銃口の先に飛びこんできた。とっさに引金《トリガー》をしぼろうとして、寸前、私は思いとどまった。怪物の姿の先に、チャイナドレスをまとった藤城奈澄の姿があらわれたからだ。

あやうく私はベレッタの銃身を立て、かわりに左手の上着をふるった。怪物にとって、私の上着は剣呑《けんのん》な武器に思えたらしい。笛を吹き鳴らすような細く鋭い叫びをあげると、壁から天井へ、さらに壁へと跳《は》ねながら、あっという間に姿を消してしまった。

私は大きく息を吐き出し、ベレッタと上着をおろした。いきなり耳を引っぱられた。

「上司の命令をきかないのは、この耳か！」

「いたた、かんべんしてくださいよ」

「お由紀のいうことは聞いて、あたしのいうことは聞けないのか、こら！」

「そ、そういう問題じゃないでしょ」

「そういう問題よ！」

「おやめなさい、お涼！　撃たなくて正解よ、泉田警部補。あなたは上司よりずっと賢明だわ」

涼子が由紀子をにらんで私の耳を離すと、今度は岸本が抱きつかんばかりに近寄ってきた。

「泉田サン、どうも、おかげで助かりましたあ」

「いやいや、助かって残念、じゃない、けっこうなことだ」

「お礼に、泉田サンがピンチのときには、ボクが助けてあげますよ」

「そりゃどうもありがとうといいたいが、お前さんに助けてもらう機会なんてあるかな」

「ありますとも。不祥事をおこして懲戒《ちょうかい》免職《めんしょく》になりそうなときとか、給料日の直前に借金とりがやってきたときとか、ボク、泉田サンのためにできるだけのことをしてあげますからね」

「……あのな」

「早くご恩返しできる機会がくることを願ってますよ」

願わなくていい！

気がつくと、クレモン警部が私に向かって毛深い大きな手を差し出し、気むずかしい表情で何かいっている。はっとして、私はベレッタを警部に差し出した。重々しくうなずいて、警部が受けとる。

涼子が私の耳を、今度はかるく引っぱった。先ほどより気分がしずまったようだ。

「さっきのことは赦《ゆる》してあげるから、もうひと仕事よ。あの怪物を捜し出して、背後にいる奴をつかまえちゃおう、今日中にね」

「そんなの不可能ですよ」

「やりもしないで何いってるの。意志こそ力なり。人間に不可能はないのよ！」

そんなことをいわれてもなあ。

「だいたいお涼は人間じゃないし……」

「何かいった？」

「……いえ、ここはひとつやるしかないなあと」

「そうよ、人間界のトラブルの九割は、コンジョウとゼニで乗りきれるんだから、このていどでびびらないの」

「そんなこと誰がいってるんですか」

「レオタードゴールドよ。知らないの？」

人気アニメ「レオタード戦士ルン」に登場するキャラクターで、大阪商人《ナニワアキンド》の孫娘なんだそうである。妙なことを知っているものだ。この分だと、涼子は岸本の勧誘に乗って、明日、一九区の大展示場《グランド・アル》まで出かけるかもしれない。

だが、その前に怪物を捜し出さなくてはならなかった。昨夜、シャルル・ド・ゴール空港で殺されたのはこの屋敷の料理人。今日になって怪物はこの屋敷にあらわれた。つまりこの屋敷の女主人である藤城奈澄はかならず何かを知っている。どうも単純きわまる道すじで、どこかに陥《おと》し穴《あな》の危険があるにせよ、まずそこから出発するしか私たちにはないのだ。

それにしても。

やっぱりこうなってしまった。捜査の権限もないのに。日本ですらないのに。私は薬師寺涼子といっしょに、またしても異形の怪物と戦うはめになってしまったのだ。

気のせいか、胃のあたりがすこし痛む。

第三章　灰色の空の下

I

負傷したパリ司法警察の刑事が救急車で運び出される。その直後から、クレモン警部はどんどん渋面《じゅうめん》になっていった。

部下は負傷する。加害者である奇怪な生物はとりにがす。あげくに犯行現場にいあわせた日本人どもは、捜査に対して、いたって非協力的であった。上層部《おえらがた》からの叱責《しっせき》と、傷ついた自尊心とを思えば、クレモン警部が不機嫌《き》になるのは、むりもない。

日本人たちのなかで、私がまず事情を尋かれた。むろん涼子の通訳によってだが、私としては事実をありのままに語る以上の協力はしようもない。ついで問われた岸本にしてもおなじことだった。

邸宅の女主人である藤城《ふじしろ》奈澄《なすみ》が呼ばれた。彼女は平河代議士と達増《たつそ》書記官につきそわれる形で、クレモン警部のもとへ出向いた。

私たちはサロンにとりのこされた。各処に立つ警官の姿を見ながら、私は涼子に尋ねたいことがあったのを思い出した。

「ひとつうかがっていいですか」

「何よ」

「藤城奈澄という女性に対して、あなたは親しみよりも敵意をいだいておいでのように見えますが」

「あらそう、あたしはたいていの地球人に敵意をいだいてるわよ」

「正直な発言でけっこうですが、話をそらさないでください」

「そらしたりしてないけど」

「私も、あなたに敵意をいだかれている地球人のひとりということになるんですか」

涼子は癇《かん》にさわったような表情になった。

「当然でしょ。いうことをきかない部下に対して敵意をいだくのは、上司の義務ってものよ」

「……さっきの件ですか？」

涼子は答えない。

「しかたないでしょう。私はあなたみたいな射撃の天才じゃないんです。ねらいをはずして人にあたったら、えらいことになりますからね」

「何いってんの。君が撃ちそこねたら、あたしが責任をとるわよ」

そういうわけにはいきませんよ——と私はいおうとしたが、涼子はわざとらしく私を無視して、そばにいる室町由紀子に矛先《ほこさき》を向けた。

「あたしに向かってケンゲンケンゲンって風邪《かぜ》をひいたキタキツネみたいにうるさいけどさ、あんたのほうこそ、どんな正当な理由があってこの屋敷に来てるのよ？」

「ごあいさつにうかがっただけよ」

「だから何であいさつに来たのさ」

「藤城奈澄さんはわたしの高校の先輩で同窓会の役員だし、アルゴは警視庁の情報通信部門に製品を納入してるし、パリへ来たときには遊びにくるようにっていわれてたし」

「あー、やだやだ、官界と財界のこりないユチャク。そういう関係に疑問を持たないの、あんた」

由紀子の目が眼鏡《めがね》ごしに光った。

「持ってるわよ。だから大企業のオーナー社長の娘であるあなたとは、ユチャクしないようにしてるでしょ」

めずらしく涼子は反論に窮《きゅう》したようすだった。たしかにこれは由紀子の勝ちである。そのことを由紀子自身も気づいたようで、口もとにゆとりをたたえた。露骨《ろこつ》に勝ち誇ってみせないのが、かえって涼子にはシャクだろう。

今度は由紀子が問いかける。

「あなたはたしかパリにアパルトマンを所有してたわね。泉田警部補はどこに泊まってるの？」

「あたしのアパルトマンよ」

由紀子の表情が変わりはじめて、変わり終わるまでの間に、私はどうにか口をはさむことができた。

「客用寝室に泊めてもらってます。なまじのホテルよりいい部屋なので、宿泊費が浮いて助かります」

「そうなの」

「で、あんたたちこそ、どこに泊まってるのさ」

「一五区のクラウンホテルにシングルを二室」

「はん、あんたらしくつまらない宿選びだこと。わざわざパリまで来て、日系のホテルに泊まるなんてさ、冒険心も遊び心もないマズシイ選択よね」

涼子にせせら笑われて、由紀子はムキになった。

「何いってるの！　クラウンホテルは警察関係者がパリに出張したときの定宿《じょうやど》に指定されてるじゃないの。忘れたの!?」

「あら、そうだったかしら」

「ずいぶん記憶力がおとろえたみたいね」

「くだらないことから順番に忘れるだけよ。ま、定宿として日系のホテルを指定するあたりが、警察組織のつまらないところね。つくづく、あたしみたいな自由人の趣味にあわないわ」

「だったら警察をやめたらいいでしょ。警察があなたの性《しょう》にあわない、という点だけは、わたしも異論なく認めてさしあげるわ」

その点は私も異論ない。涼子の場合、問題は、警察を強引に彼女にあわせようとしていることだ。

「性にあわないから即やめるなんて、いまどきの無職の未成年じゃあるまいし、あたしみたいなオトナの女には、そんな無責任なマネできませんことよ、オホホ」

「無責任が服を着て歩いてるくせに、よくもそんなことがいえるわね。いえ、せめて服ぐらいはきちんと着ていてほしいものだけど」

「あんたにお説教されるスジアイはないわよ。頭の中身は大正時代のくせしてさ。二十一世紀に通用しないような超保守派は、さっさとタイムマシンに乗って過去の時代に帰ったら？」

「あなたこそジュラ紀にでも行ってしまえばいいんだわ！　きっとティラノザウルスがプロ

ポーズしてくれるわよ」

「無学な女ね。ティラノザウルスは白亜紀《はくあ》の恐竜よ。ジュラ紀にはいなかったのよ！」

「大使館の人がもどって来ましたよ」

私が告げたので、ふたりの女性キャリア官僚は舌戦《ぜっせん》を中断した。サロンから一等書記官の達増が出てきたところだった。扉口《とぐち》の左右に立っている警官たちを見やって、日本語で何やら吐きすてる。相手が日本語を理解しないと思って、悪口をいったのだろう。聞こえなかったが、態度で見当がつく。

「いかがでした？」

近寄ってきた達増に、由紀子が問いかける。

達増は気むずかしげな表情をつくった。彼には申しわけないが、カエルが日照《ひで》りをうらんでいるような印象だった。

「だいたい奈澄さんが事情聴取されるスジアイはないんですよ。たかが現地やといの料理人が変死しただけじゃないですか。奈澄さんがそんなことにかかわっているはずがない。日本を代表する名家の令嬢で、しかもフランス大統領の知人なんですからね。パリ司法警察も何を考えているのやら」

達増の台詞《せりふ》が、私は気にいらなかった。つい口を出してしまう。

「私も警察の人間ですから、被害者を知っている人には、できれば捜査に協力していただきたいですね」

「そうですか、こりゃどうも」

意味のないことをいって、達増は私をイヤミな目つきでながめ、その場を離れていった。気を悪くしたにちがいないが、かまうものか。

涼子は由紀子の目の前で私の腕を引っぱると、一〇歩ほど歩いて、壁ぎわに置かれた大きな観葉植物の鉢《はち》のそばにつれていった。

「いま思い出したんだけど、泡井代議士が自殺したホテルは、渋谷《しぶや》のホテル・バロネスだったわ」

「それが何か？」

「そのホテルの筆頭大株主はアルゴなのよ」

「へえ、そうでしたか」

それは私の知らなかった事実である。涼子は声に出しつつ考えをまとめるようすだった。

「泡井代議士は生前、防衛庁の政務次官をつとめていたこともあるわ。そして、アルゴは防衛庁にコンピューターや衛星通信システムなんかを納入して、年間何百億円かの利益をあげていた……」

「それだけをとりあげれば、アルゴにとってたいした数字ではありませんね。ホテルにしても、単なる偶然で選んだのかもしれません」

私は水を差したわけではない。捜査官の推理がひとつの方向へ流れはじめたとき、他の可能性を確認しておくべきなのだ。あとになればなるほど、軌道を修正するのがむずかしくなる。まして涼子が全速力で突進した日には、誰ひとり追いつけるものではない。

「それと、もうひとつのポイント」

涼子はさりげなく秘密の扉をあけた。

「藤城奈澄はフランス大統領の愛人なのよ」

これまた私の知らなかった事実だが、社交界のゴシップなど、もともと私の得意分野ではないから、しかたない。

「大統領は親日家《しんにちか》としても有名ですね」

「年に二回は非公式《おしのび》で日本へ行ってるわ。そのつど滞在するのが、南伊豆《みなみいず》の沖に浮かぶ琴《こと》ガ島《しま》。小さな島だけど、島全体がアルゴの所有地で、宮殿まがいの迎賓館《げいひんかん》があるの。そこの特別室で、大統領は秘密の献金を受けとり、日本の愛人と甘い甘い何日かをすごしていたってわけ」

私は半ば感心し、半ばあきれた。

「よくまあ、そんなことまでご存じですね」

「政治家と財界人の親密な交際は、だいたい犯罪にむすびつくというのが、日本の近代史の通例でしょ。見張ってればかならず何か出てくるものよ」

日本一危険な女性官僚は得意そうだった。

II

アルゴのオーナー会長、つまり奈澄の父親は藤城東洋雄《とよお》という。私ですら名も顔も知っている、財界の超大物だ。

単に財界人というだけでなく、先端技術研究のための大学を創立したり、育英基金を設立したり、外国の元首たちと親友づきあいしたり、国際政治論や教育論の本を出版したり、何かと話題が多い。ただ、昨年、脳出血のため倒れて闘病中で、後継者選びが一族間の重大な問題となっているようだ。

フランスでも、藤城東洋雄は日仏間の友好と経済・技術協力にいちじるしい貢献をなしたとかで、名誉あるレジオン・ド・ヌール勲章を授与《じゅよ》されている。奈澄はそのひとり娘だ。残念ながら、クレモン警部がうかつに手を出せるような相手ではない。

涼子の説明によると、奈澄は日本でも一、二をあらそう有名女子大学に入学したが、中退してカナダのモントリオール大学に留学した。モントリオールはパリにつぐ地上第二のフランス語都市だというが、そこで奈澄は英語とフランス語にみがきをかけるとともに文化経済学の修士号を取得《しゅとく》した。文化経済学とは、文化や芸術をビジネスとしてとらえる学問だそうだが、帰国すると彼女は父親の秘書兼通訳となった。世界を飛びまわり、アルゴがアメリカの映画会社を買収したり、ゲームデザイナーを育成したりするのに貢献した。その一方で外国人を相手にずいぶん浮き名を流し、いまではフランス大統領の愛人というわけだ。

「ははあ、華麗なる経歴ですね」

フランスは男女関係に寛容な社会だ。大統領に愛人や隠し子がいたからといって、いちいち騒ぐことはないだろう。だが、外国人女性を愛人にして、その父親から秘密の献金を受け、お礼にレジオン・ドヌール勲章を授与した——となったら、さすがにまずいのではないか。

「つまらない話で恐縮ですが、国際的な影響力ということになると、やっぱりアルゴのほうがJACESより上なんでしょうね」

「アルゴにくらべたら、JACESなんて中小企業にすぎないわよ」

上には上があるということだ。

「大統領の愛人ということになると、藤城奈澄という女《ひと》は、フランスの社交界ではどういう地位にいるんですか」

「愛人というのは妻じゃないからね。むしろあの女は、大統領の庇護《ひご》を受けてやりたいほうだいよ。映画監督にファッションデザイナーに城館《シャトー》持ちの旧貴族に政治家……ベッドのシーツの数だけ愛人がいるって噂だわ」

「日本のマスコミには全然そんな話は出ませんね」

「そりゃあ、うかつに記事を書いて、アルゴが広告を載《の》せなくなったら、TVも新聞も大打撃だもの」

話しているうちに、またサロンの扉が開いて日本人が出てきた。今度は平河代議士だ。TVのニュース番組などで見るときには、大男のような印象だったが、実物はせいぜい中背というところだった。存在感があって大きく見えるということだろう。

こういう場合、そつなく行動するのは優等生の室町由紀子だ。進み出て鄭重《ていちょう》に話しかける。うなずきながら歩み寄ってきた平河代議士が、涼子の全身をながめまわして破顔《はがん》した。

「なるほど、君が噂の『ドラよけお涼』か。いやいや、聞きしにまさる美女ぶりだ。目の保養をさせてもらってありがたい」

「噂とおっしゃいましたけど、どうせ悪い噂でしょう？」

「悪い噂というなら、オレも同様さ。不徳《ふとく》の至《いた》りで、悪口ばかりいわれとるよ」

初対面の相手に対して「オレ」という一人称を使う男は、豪快な人物か、豪快さをよそおった小心者かのどちらかだ。平河代議士はどちらだろうか。

「若い人は元気なのが一番だ。長官や総監をオタオタさせるくらいで、ちょうどいい。オレも警察庁の現役だったころは、長官へのお中元に胃薬を送ったものさ」

「後輩として参考にさせていただきますわ」

心にもないセリフを涼子は平然と口にする。

「ところで、さきほど和服を着た変なおバアさんを見かけましたけど、ご存じでしょうか」

平河代議士は意表をつかれたように、せきばらいをひとつした。

「いや、よくは知らんが、藤城家とは三代前から深いつきあいのあるバアさんだそうでね。ご当主も、経営や技術開発について決断をせまられた場面で、ずいぶん助言《じょげん》してもらったらしい。アルゴではVIPあつかいだそうだよ」

アルゴのように産業科学界の最先端を行く巨大企業が、霊能力者とやらと関係を結ぶ。じつは案外よくある例だ。

「それだけ実績のある霊能力者なら、パンドローが殺害された件でも何か一家言《いっかげん》あるんでしょうね」

「さあてな。いまのところ何もいってないようだが。ま、気にすることもない。パリ司法警察だって何もつかめちゃいない段階だ。手あたりしだい疑っているフリをして、誰か動揺するやつが出てくるのを待っているだけさ」

「さすがにあたしたちの大先輩。捜査当局の手の裡《うち》をよくご存じでおいでですね。泡井代議士夫人もさぞ心丈夫《こころじょうぶ》だったでしょうねえ」

私は胆《きも》をひやした。涼子がそこまで露骨なイヤミをいうとは、さすがに予測できなかったのだ。由紀子も息をのんだし、岸本は音をたてずに三度ほど口を開閉させた。

動じなかったのは平河代議士だけだった——内心はともかく表面は。彼は厚い唇を開いて、健康そうな歯茎《はぐき》をむき出した。

「オレはいつだって女性の味方だよ。とくに美しくてつつましいヤマトナデシコの、な」

あらためて涼子を見たとき、彼の目に白っぽい光が浮かんだようだった。だがあくまでも落ち着きはらった態度で、「じゃ」と一言のこすと、肉の厚さを感じさせる背中を見せて、中庭のほうへ歩き去っていく。あわてて達増があとを追った。

「失礼じゃないの、先輩に対して！」

由紀子が責《せ》めたが、むろん涼子は意に介《かい》しない。フンと笑うと、私のほうへ話しかけてきた。

「泉田クン、あの怪物のことだけど」

「何かお考えでも？」

「もしあの怪物が人間の脳を常食《じょうしょく》しているとしたら、パリには脳のない人間の屍体《したい》がごろごろしていることになるわよね」

「そうですね。ですがそういう話はべつにお聞きになってないでしょう？」

「ええ、つまりあの怪物は、ごく最近パリにやって来たか、あるいは生まれたばかりなのよ」

涼子が断言する。たぶんそうだろう、と私も思う。では、つぎの問題。

「あの怪物はどこで生まれたのか」

私がいうと、涼子は形のいいあごにしなやかな指をあててみせた。

「いい質問ね。もし怪物が他所《よそ》で生まれて自力でパリにやって来たとしたら、途中でやっぱり脳のない屍体が量産されてるでしょうよ」

「脳のない屍体」を想像したのか、室町由紀子がひとつ身ぶるいして左右に視線を向けた。

「自然に生まれた動物は、生態系の一部として存在するのよ。草原があったら草食獣が生まれて、それを餌とする肉食獣が誕生する。肉食獣の死骸は大地に還《かえ》って、草のための養分になる。生命が循環するサークルの一部として存在意義があるはずなんだけど……」

考えがまとまらないのか、涼子はハイヒールの踵《かかと》を鳴らして二、三歩歩いた。

「あの怪物は人間の脳を食うことで、サークルのどこに位置するのかしら」

涼子がいったことを、私も吟味《ぎんみ》してみた。自然科学上の命題《めいだい》など私に説明のつくはずもないが、涼子がいいたいことはわかるような気がする。

「つまり、あの怪物は不自然だということですね」

「そう、そういうこと。まあ不自然な存在を怪物と呼ぶんだけどね」

とすると、やはり遺伝子工学のようなものでつくられたということだろうか。

あの怪物を銃でしとめるチャンスを、私は逸《いっ》してしまった。撃たなかったのは正しい選択だったとは思うが、正しい選択をしても後悔する、ということが世の中にはあるものだ。

そこへふたたび達増がもどって来た。ことさら私を無視し、涼子と由紀子に告げる。

「奈澄さんは通訳、弁護士、それに日本大使館員の同席がないかぎり、警察の事情聴取《ちょうしゅ》には応じられない、といってます」

「まったくえらそうに」

と、涼子が舌打ちする。

「あたしにまかせてくれたら、五分間であらいざらい白状させてみせるのにさ」

私をふくめて誰もが返答を避けた。

III

藤城奈澄がクレモン警部とならんで姿を見せた。クレモン警部は腹をたてているようでもあり、あきらめたようでもある。口を開いたのは奈澄だった。

「平河代議士《せんせい》のおはからいで、警部さんにも承諾していただいたの。いまの段階では、事情は日本の捜査官にお話ししたいということでね」

涼子の目が鋭くかがやきかけたが、さりげなく奈澄はそれを制した。

「涼子さんや由紀子さんが相手ではしゃべりにくいわ。知りあいだからかえってね。なれあっている、と思われるのもこまるし」

「ではどういたしましょうか」

由紀子の問いかけに、藤城奈澄は即答《そくとう》せず、日本人一同を見まわした。余裕たっぷりとはまさにこの態度だ。

「そうね、こうしましょう。そちらにおいでの背の高い刑事さん、その人に公平な立場で話を聞いていただけるなら、事情聴取に応じてもよろしくてよ」

何本もの視線の矢が、私の身体に突《つ》き刺さった。

私はなるべく表情を消すように努《つと》めながら、奈澄を見やった。パリの女帝は、古代エジプトの宗教画みたいに、謎めいた微笑をたたえている。とてつもなく美しく典雅だが、私としては即答するわけにいかなかった。

「どうして私なんでしょうか」

「いま申しあげたとおり。つけ加えていえば、あなたには穏健《おんけん》さと公平さが期待できそうだから」

「光栄ですが、上司の許可がありませんと」

「諾《ウィ》よ！」

かってに答えてから、涼子は私にささやいた。

「この際だから、あたしのかわりにあの女から事情を聞き出しなさい。ただし、ロウラクされたら承知しないからね」

「されませんよ」

憮然《ブゼン》として私はささやき返した。

「だいいち私なんかをロウラクしたって、事態を好転させることはできませんからね。ご心配なく」

「相談はまとまった？」

からかうように奈澄が声をかけると、涼子がうなずいて私の背中を押した。

「それじゃ、刑事さん、こちらへいらして」

妖艶《ようえん》なチャイナドレスの後ろ姿にしたがって、私はとある部屋に踏みこんだ。入室するときに肩ごしに振り向くと、五人の日本人とひとりのフランス人が、合計六種類の表情で私を見送っていた。涼子は不機嫌、由紀子は当惑と心配、岸本は興味しんしん、平河代議士は余裕ありげな薄笑い、達増は嫉妬《しっと》と羨望《せんぼう》、クレモン警部はただただ不本意と疑惑。ざっとそんな色分けである。奈澄の愛人はあまたいるということだが、平河代議士や達増もそれにふくまれているのだろうか。

通された部屋は図書室というのか談話室というのか、天井はそれほど高くないが広さは充分すぎるほどで、暖炉には黄金色の炎が揺れている。壁のうち二面には風景画や静物画が飾られ、一面は洋書のならぶ書棚、のこる一面は中庭に向かって開けたフランス窓になっていた。奈澄はソファーに腰をおろしてゆっくり脚を組むと、対面した安楽椅子を私にすすめた。

「どうぞごゆっくり、というのも変だけど」

奈澄の胸に金鎖がたれて、大粒の宝石がさがっている。見知らない宝石で、何という種類かわからない。

「きれいな宝石ですね」

適当な話題かどうかわからないが、とりあえずそう水を向けてみた。

「ありがとう、ブラックオパールですのよ」

「はじめて見ました」

黒に近い色だが黒ではない。暗く燃えあがる炎を一瞬で凍結させたかのような異様な美しさ。私には想像もできないほど、値段も高いのだろう。

「わたしはダイヤよりブラックオパールが好き。妖《あや》しくて神秘的で官能的な美しさ。宝石のなかの女帝だと思うわ」

つまりは藤城奈澄のような美しさというわけだ。

フランスで使うことになるとは思わなかったが、私は持ちあわせの名刺《めいし》を差し出した。

「準一郎……おもしろいお名前ね。文字が、だけど」

私の名前は発音すればジュンイチロウで、めずらしくも何ともない。だが文字にするとよく書きまちがえられる。「純一郎」「順一郎」「淳一郎」「巡一郎」「潤一郎」――という具合だ。プライバシーに属することだが、「準一郎」と命名されたのには、ささやかな理由がある。

「私には兄がいたはずなんですが、残念なことに死産でした。それで私が産《う》まれたとき、次男だけど長男に準じる、という意味で、両親が準一郎とつけたんです」

「ご両親のご期待がこもったお名前なのね」

「親はいつも子供に期待しすぎるものです。ところで、私のことより、藤城さんのほうに話題をうつしましょう。よろしいですか」

「奈澄と呼んでくださってけっこうよ」

「おそれいります」

これは返事だけだ。初対面の女性をファーストネームで呼ぶのは、私の流儀《りゅうぎ》ではない。

「昨夜、シャルル・ド・ゴール空港で殺害されたルイ・パンドローは、お宅の料理人にまちがいありませんね」

「ええ、雇《やと》って五年になるわ」

チャイナドレスからのぞく脚を、奈澄は微妙に動かした。ドレスの裾《すそ》が動いて、なまめかしい太腿の裏があらわになった。私の視線を誘って、奈澄の紅《あか》い唇がほころびる。

「ロウラクされたら承知しないからね」

そう涼子はいった。私がロウラクされるかどうかはともかく、奈澄のほうは私をロウラクする気が充分にあるらしい。なめられたものだ、と思うが、奈澄にその方面の実績と自信がたっぷりあるのも事実だろう。何しろフランス大統領の愛人だからな。

だが私は大統領になんぞなりようもない小物だ。おまけに、奈澄にまさるともおとらない脚線美を見慣れている。

「彼の前身については何かご存じですか」

そういった声は、われながら冷《さ》めていた。

奈澄の顔に、興ざめした表情が浮かんだ。色っぽく組んだ脚はそのままに、声を神妙《しんみょう》にして答える。

「大統領の妹さんの城館《シャトー》で料理人を二〇年。それ以前のことは存じません。すこし頑固《がんこ》でしたけど、技量《うで》はたしかでした」

「お宅の料理人が殺されたことに、何か心あたりはありませんか」

「残念だけど何もございませんわ、警部さん」

「警部補です」

この種の会話は、警察官が主人公のミステリーには付き物だ。もっとも私は主人公ではなく、「ドラよけお涼武勇伝」の脇役にすぎないが。

「そう、では警部補さん、ひとつうかがいたいのですけど」

「どうぞ」

「日本では誰かが熊に殺されたりしたとき、被害者の知人が警察の事情聴取を受ける義務があったでしょうか」

どうやら奈澄は、パンドローの不幸な死が、事故のようなものだ、といいたいらしい。彼女は無関係だ、というわけだ。べつに意外な主張ではないが、たとえ話に熊を持ち出すのがおもしろい。

「事件を目撃した人には当然、事情をうかがいます」

「わたしは目撃しておりませんけど」

「そうですね、目撃したのは薬師寺と私です」

私は思案したが、どうにも思いつかなかった。彼女を攻略するよい考えが。

「熊とおっしゃいましたが、その熊に飼い主がいるとすれば当然、事情聴取の対象となります」

奈澄はかるく眉をひそめた。

「パンドローは奇妙な生物に殺されたそうですけど、その生物に飼い主がいる。そうおっしゃるの？」

「まだわかりませんが、飼い主がいないという証明がなされていない以上、可能性を排除するわけにはいきません」

「模範的なご返事ですこと。きっと模範的な捜査官でいらっしゃるのね」

「そのお言葉、機会があれば薬師寺に伝えてください」

「そうね、いますぐにでも」

奈澄は立ちあがった。しなやかな、しかも力感のある動作で、女帝にふさわしい動きだった。私に揶揄《やゆ》の微笑を向けると、扉に向かって歩く。

IV

彼女は勢いよく扉を手前に引いた。扉に耳をあてて立ち聞きしていた人影がふたり、姿勢をくずして、いきおいよく室内にころげこむ形になった。若くてしかも美しい女性ふたり。安楽椅子から立ちあがって、私は溜息《ためいき》をついた。

「何ですか、ふたりとも。女子中学生じゃあるまいし。薬師寺はともかくとして、室町警視、あなたまで」

「薬師寺はともかく、とは何よ」

涼子は開きなおった。それは予測していたことだが、ミニスカートをはいているくせにあぐらをかいて両手で両足首をつかんだりするな。

由紀子のほうは対照的に床に正座して、片手で眼鏡の位置を微調整しながら弁明した。

「わたしはお涼をとめようとしたの。でも、お涼がいうことをきかないものだから、牽制《けんせい》する必要があって、つい……」

「フン、正体をあらわしたわね、お由紀」

「正体って……」

「あんたはそういうやつよ。自分がいい子ぶりたいために、つごうが悪くなったら、そうやって同級生を売るのよ。まったく、すすんで風紀委員なんてやるようなやつは、人を裏切りつづけて一生を終えるんだわ」

「わたしはほんとにあなたをとめたでしょ！」

「とめるフリしただけじゃないの！」

「そこまで！」

ふたつの声がおなじ言葉を発した。文字どおりの異口同音《いくどうおん》。奈澄と私である。涼子は第一次反抗期の幼児みたいにソッポを向き、由紀子は恥じいったようにうつむいた。

「どうにも実《みの》りのない対話でしたけど、今日はこれで終わりにしましょう。警部補さん、つぎはまたの機会に……といってもいつのことになるかわかりませんけど」

女帝陛下は、一方的に、謁見《えっけん》をお打ちきりあそばす、というわけである。

「それよりもこれから昼食を用意させるけど、召しあがっていらっしゃらない？」

涼子はいきおいよく立ちあがると、奈澄の儀礼的な申し出をひややかにはねのけた。

「いえ、せっかくですけど、昼食の予定はもう立ててますから」

いうと同時に、彼女は私の腕をとった。

「さ、行きましょ、泉田クン」

「はあ……」

奈澄はかるく腕を組んで笑った。

「そう、残念ね。室町さんのほうはどうなさるの」

室町由紀子も迷ったようだが、涼子とおなじことをしていた身で自分だけ居残るのは、やはり気まずかったようだ。

「ご厚意はありがたいのですけど、わたしどももこれで失礼させていただきます」

涼子、由紀子、岸本、それに私の四人は結局、藤城奈澄にかるくあしらわれて撤退することになった。もともと涼子と私は招かれざる客だったのだから、これもいたしかたないことだ。

ただ引きあげるにしても、事態がこうなると自分たちのつごうだけでは動けない。不機嫌なクレモン警部がようやく引きあげを許可してくれたのは、司法警察の出頭要請にいつでも応じる旨《むね》を涼子が確約してからのことだった。

私たちは四人そろって玄関を出た。空は朝方よりは明るくなっていたが、あいかわらず灰色に曇《くも》っていて、風はひたすら冷たく、午前中の時間を空費《くうひ》した私たちを憫笑《びんしょう》しているようだった。涼子と私が前に、由紀子と岸本がうしろになって、歩道を歩き出す。

音をたてて、涼子が舌打ちした。

「ばかばかしい。これならマルセル・プチオ博士の家でも見物に行けばよかったわ」

マルセル・プチオ博士といえば、第二次世界大戦のころの殺人鬼として有名である。

当時パリはナチス・ドイツの軍隊に占領されており、多くの人々が国外への脱出を望んでいた。とくに裕福なユダヤ人たちはそうだった。

「プチオ博士という人物が、国外への脱出ルートを知っているそうだ」

という噂が流れ、多くの人々がトランクに全財産をつめて、パリのレジュール街二一番地にあるプチオ博士の家をおとずれた。そしてふたたび外へは出てこなかったのだ。彼らは密閉された部屋に毒ガスを流されて殺害されたのだが、プチオ博士は覗《のぞ》き穴から犠牲者が苦悶する姿をながめてエクスタシーにひたっていたのである。

フランスが解放された後、一九四四年十一月にプチオ博士は逮捕された。あまりの悪臭に、警官がふみこむと、地下室に死体の山があったのだ。プチオ博士は六三人を殺害し、一〇〇万フラン以上の財産を強奪していたといわれる。当時の一フランは、現在の五〇倍ぐらいの価値があったそうだから……。

「ま、プチオ博士の家はいつでも行けるわ。とりあえずチャイナタウンに行って昼食《おひる》を食べようか、泉田クン」

まあ前向きの姿勢ということになるだろうか。

世界的に見れば、チャイナタウンのない街は一流の都会とはいえないそうだ。ロンドンにもニューヨークにも、そしてここパリにもチャイナタウンはある。一〇区のベルヴィル、一三区のショワジーがその代表だ。もっとも、そこに住んでいるのは中国人だけでなく、ベトナム人やラオス人も多数いるという。パリは多人種多民族が共存する都なのだ。

「パリに来てまでフランス料理を食べることはないわ。東京で充分。ロンドンではインド料理、パリでは中国系ベトナム料理か北アフリカ料理といきましょ」

「おまかせします」

私は食通《グルメ》にはほど遠い。涼子は「パリの街のことなら警視総監のデスクの内部とおなじくらい知っている」のだから、まかせておくのがいちばんいいのだ。

「スナオでよろしい。で、うしろのやつらは今後どうするつもりなのかしら」

「うしろのやつら」とは、もちろん由紀子と岸本である。

「ああ、岸本だったら、一九区に行くんだそうです。ラ・ヴィレットといったかな」

「一九区のラ・ヴィレット地区？」

「レオコン岸本はそういってました」

レオコンとは「レオタード・コンプレックス」の略で、岸本の異名である。ちなみに命名したのは私だ。私が岸本の「行動予定」を説明すると、涼子は意外な反応を見せた。

「よし、明日、あたしたちもラ・ヴィレットへ行こう」

まさかと思っていたが、やはりそうきたか。あきれて私は涼子を見やった。

「レオタード戦士のコスプレ大会を見たいんですか。いつ『怪奇・十二日の木曜日』から宗《しゅう》旨《し》変えしたんです？」

「怪奇・十二日の木曜日」は涼子ごひいきのTVドラマだったが、すでに放映を終了している。涼子は続篇の放映を楽しみにしているのだ。

「何いってるの。ちがうわよ。ラ・ヴィレットのルールク運河ぞいに、アルゴのヨーロッパ本社があるの。当然そこには総支配人室があって、総支配人がふんぞりかえってるでしょ」

「明日、再挑戦ってわけですね」

私はうしろを振り向いて岸本に確認した。

「お前さんが明日コスプレ大会に行くのは何時ごろだ」

「いや、それがですね。明日じゃなかったんです。さっき日付を確認して、あわてたところでした」

「あわてたって……すると今日か」

「正午からなんです。もうそろそろはじまりますんで、ボク、一九区へ出かけます」

涼子が皮肉っぽく由紀子を見る。

「部下に好きかってさせておいていいの？」

「それはまあ……自由時間だから」

「そう。じゃ岸本を借りるわ。あたしたちもラ・ヴィレットへ行くの」

「え、お涼サマもいっしょに？　いやあ、警察官僚になってよかった。あの、コスプレもなさるんですか」

「アホ！」

いったん一五区のクラウンホテルに立ち寄り、この日のために岸本が用意していたデジタルカメラをとってから、私たちはパリ市東北部の一九区へと向かったのである。

V

生まれてはじめて見る物体が、私の前にそびえ立っていた。

直径三六メートルの銀色にかがやく巨大な球体だ。表面には花の都パリの市街が映っており、こちらの視線の揺れに応じて伸びたりちぢんだり拡《ひろ》がったり、よくいえばユーモラスな動きをくりかえしている。パリ一九区ラ・ヴィレット地区の名物、というより全パリの名物である科学映画館《ジエオード》であった。

ラ・ヴィレットは旧《ふる》くは広大な食肉市場だったが、一九八〇年代に大規模な再開発がおこなわれ、パリ市東北部に科学と芸術をテーマとする近未来型都市が出現したのだという。科《ジ》学映画館《エオード》は六〇〇〇枚以上のステンレス板を貼りあわせて建設され、一〇〇〇平方メートルの面積を持つ一八〇度の立体スクリーンを誇る。その他に、ハイテクノロジーを駆使した未来型博物館「科学産業シティ館」、六〇〇〇人を収容する真紅色の大ホール「ル・ゼニット」、それに鉄骨づくりの工場めいた「大展示場《グランド・アル》」、広大な公園などがある。外国人の観光客は比較的すくなく、パリ市民の行楽の場として親しまれているそうだ。

その一画、ルールク運河に面して、アルゴのヨーロッパ本社がそびえたっていた。セピア色の外壁に、ＡＲＧＯの黄金文字と、黄金の羊《ゴールデン・シープ》のマークとが巨大に浮きあがっている。地上四〇階、地下三階。内部にはビジネスや研究開発の部署だけでなく、ショールームやアミューズメント施設もそなわっているという。

だがアルゴのビルよりもこの日、私だけでなく、パリジャン、パリジェンヌたちの視線を惹《ひ》くものがあった。周辺にあふれる一〇〇〇人以上のうら若い女性たちだ。ほぼ全員がレオタード姿だった。暗い灰色の空の下に、熱帯の花々が咲き競《きそ》うかのようだ。

「いるいる、全員いますよお」

狂喜したレオコン岸本が、踊り出さんばかりにステップを踏む。

「ピンクにレッド、ブルーにグリーン、イエローにパープル、ゴールドにシルバー、いやあ、本物そっくりだ」

「本物って、実在してないんだろ」

私の初歩的なイヤミなど、聖地にたどりついた巡礼者の耳にはとどかなかった。デジタルカメラを手に、感涙《かんるい》にむせばんばかりだ。

「なるほど、アルゴのビル前でやるわけね」

涼子が妙に納得したようすでいう。

「アルゴが何の関係があるんです？」

「TV番組にはスポンサーってものがあるでしょ」

「というと、もしかしてアルゴが『レオタード戦士ルン』のスポンサーなんですか」

「アルゴ一社じゃないけどね」

アルゴはコンピューターゲームの業界でも世界のトップクラスで、「レオタード戦士ルン」のパソコンゲームを独占的に制作販売しているそうだ。

灰色にひろがるパリの空の下に、見わたすかぎりのレオタードの群れ。

身体の線をあらわにして、レオタード姿のコスチュームプレイに参加するのだから、みんなプロポーションに自信があるのだろう。たしかに目の保養といいたいが、みな発育がよすぎるようで、日本の女子中学生にはなかなか見えない。そう、レオタード戦士というのは、女子中学生たちが女神さまのお告げにしたがって悪と戦うお話なのである。

「メガミノサバキ、オモイシレ！」

なんてフランスなまりの日本語も聞こえてくる。

「何だか異様な世界ね」

毒気にあてられた態《てい》で、室町由紀子がつぶやく。岸本は無理解な上司を、えらそうにたしなめた。

「偏見を持ってはいけません。これこそ青春の祭典というやつですよ。いや、みんな若さにかがやいてますねえ」

「寒くないのかねえ、こんな天気に」

と、私はよけいな心配をしながら、紙コップのレモネードをすすった。熱くて甘い液体が食道を流れ落ちていく。レモネードを手にしていないのは岸本だけだ。歓喜のエネルギーで、全身がぽかぽかあたたかいらしい。

「レオタードピンクの本名は星祭《ほしまつり》ルンといいまして、平凡な家庭の明朗快活な女の子です。レオタードブルーの本名は雁立真冬《かりたちまふゆ》で、雁立流杖術《じょうじゅつ》の宗家《そうけ》の娘、合気道の達人でもあります」

じつにうれしそうに、しかもよどみなく、岸本は説明してくれた。

「レオタードレッドの本名は日高安奈《ひだかあんな》で、父親はアメリカ人のプロレスラー、いちばん大柄で破壊力があります。レオタードグリーンは良家のお嬢さまで、本名は花岡《はなおか》いずみ、ハープやバレエを習ってます。レオタードイエローは横浜に住む中国人実業家の娘で、本名は周《チョウ》・玉麗《ユイリー》」

「どうせ中国武術の達人という設定だろ」

「まあそれはお約束ですから……でもって、レオタードパープル、レオタードゴールド、レオタードシルバーの三人は高校生なんで、すこしおとなっぽいんです。ほら、いまここでコスプレしてる娘《こ》たちもそうでしょ」

私には区別がつかない。岸本とちがって、あまり愛情がないからだろう。

「よくわからんが、化粧からして中学生の役には見えないのもいるな」

「ああ、赤白青のストライプのレオタードでしょ？　あれは新体操部のコーチ、じつはレオタード戦士たちの司令官の役です。日仏混血という設定なんで、レオタードが三色旗と同じ色のストライプになってるんです」

「ギリシア神話か何かの女神みたいな恰好《かっこう》の女《ひと》もいるわね」

そう涼子が口をはさんだ。喜々《きき》として岸本が答える。

「お気づきになりましたか。あれこそレオタード戦士の守護神ヘラ女神ですよ」

「ヘラですって？」

聞きとがめたのは室町由紀子だ。すると涼子が皮肉っぽい微笑で応じた。

「おや、あんたも気づいたの。すこしは頭がまわりはじめたみたいね」

「金羊皮を手にいれるために、古代ギリシアの勇士たちはアルゴ号に乗りこんで冒険の航海に出かけた……」

「アルゴ号を天上から保護したのは、『神々の女王』といわれたヘラ女神よ」

ふたりの美女キャリアは同時に口をつぐみ、同時に私を見た。どう反応すればいいものやら、にわかに私は判断がつかなかった。巨大企業アルゴと人気アニメとが、何とも妙な形で結びついたのだ。おどろいたのはたしかだが、ただその事実が何を意味するのか、慎重に考える必要がある。

「アルゴが映像やゲーム方面のビジネスとして、『レオタード戦士』を素材にすること自体は、そう奇異《きい》なことでもないでしょう」

とりあえずそういってみた。苦笑してうなずいたのは室町由紀子だ。

「それはまあ、ね。アルゴが何かの危険思想でもってアニメファンや幼稚園児をマインドコントロールするために、『レオタード戦士』を制作してるとも思えないし」

「警察のエリート官僚がとっくにマインドコントロールされてるじゃないの。エリートってのはあくまで自称だけどさ」

せせら笑うように、涼子が指摘する。

「岸本警部補のこと？」

「他に誰がいるのよ。それとも、お由紀、あんたじつはレオタード戦士の隠れファンだったりして」

「ちがいます！」

「何ムキになってんのよ。ズボシさされたからって、あわてることないでしょ」

「あなたという人は……」

「ん、泉田クン、どうしたの、何かさがしてるみたいだけど、好みのタイプでもいた？」

由紀子をことさら無視して、涼子が私に声をかける。ひとしきり周囲を見まわしてから私は答えた。

「いや、その自称エリート警察官僚が見あたらないんです。どこへ行ったのかな」

「何だ、心配することないわよ。デジタルカメラ持ってそのへん走りまわってるんでしょ。しつこすぎて女の子にひっぱたかれたら、泣きっ面《つら》で帰ってくるわ」

たぶんそうだろう。岸本も迷子《まいご》になる年齢《とし》でもない。蝶になったつもりで花園を飛びまわっているのだろうから、さがしまわるのもヤボというものだった。

「こちらはパリの空の下で作戦会議といきましょ。あの怪物とアルゴとの接点があるとしたら、何だと思う？」

「そうですね、アルゴが遺伝子工学をあつかってるような企業だったら、動物実験の結果とんでもない怪物が生まれた、という可能性もあると思います。ですがアルゴはエレクトロニクス方面の企業ですからね。どうも接点が見つけにくいな」

由紀子がやや遠慮がちに口をはさむ。

「そもそもアルゴが、あの怪物や空港での殺人と関係がある、と、そう決めつけていいものかしら。もっと慎重になったらいかが？」

「アルゴが無関係だと証明されないかぎり、あたしは疑いを解かないわよ」

いい放ってから、涼子は何やら思い出したように宿敵をにらんだ。

「だいたい、お由紀、あんたは何だってここにいるのさ。あたしのやることが気にいらなきや、ここに来なければいいんだし、さっさと日本へ帰りなさいよ」

「あなたの指図《さしず》は受けないわ。わたしは日仏友好の阻害《そがい》要因としてのあなたを監視するためにここにいるの。無目的なパリ観光よりよっぽど有意義よ」

「またえらそうに！　あんたの存在自体が無意義なくせして」

美女ふたりの口論を聞きながら、私は空《から》になった紙コップをクズカゴに放りこんだ。

まだ岸本は帰って来ない。

第四章　捜査以上、テロ未満

I

ギリシア神話で「神々の王」と呼ばれるのはゼウスだ。ヘラはゼウスの妻で、「神々の女王」と呼ばれる。

ヘラは一般的に、強烈な嫉妬《しっと》でゼウスを苦しめる猛女として知られる。だが嫉妬するのはむりもない。東西古今、全世界の神話を見わたしても、ゼウスほど好色で浮気性《うわきしょう》の神さまはいないのだから。他の女神はもちろん、人間の女性から美少年にいたるまで、美しければみさかいなし。

ヘラは女性の守護神であり、結婚・家庭・出産といった昔ながらの女性の幸福を守るのが役目である。現代の価値観からすれば古めかしい？　そんなことはない。現代だって夫の不倫に苦しんだり、夫に暴力をふるわれ、虐待されたりする妻がたくさんいて、アメリカでも日本でも大きな社会問題になっている。古代の社会で、妻の正当な権利を守るためにゼウスすらやりこめるヘラは、女性たちにとって頼もしい守護神だったにちがいない。むろんヘラは絶世の美女で、アフロディテやアテナと天界一の美神の座をあらそうほどだった。

「六月の花嫁《ジューンブライド》は幸福になる」

といういいつたえの理由を知っている人がどれだけいるのだろうか。六月《ジューン》は英語で「ヘラ女神の月」という意味である。結婚の守護神であるヘラが祝福してくれるからこそ、六月の花嫁は幸福になれるのだ。

……というようなことを、尋《き》きもしないのに教えてくれたのは、警視庁のエリート官僚、キャリア警部補の岸本明である。

その岸本が、レオタード美女の群れのなかに姿を消してから、もうすでに一時間が経過している。各処でカメラのフラッシュが白くひらめいているから、岸本と同好の士がずいぶん駆けつけてきているらしい。私としても、レオタード美女の艶姿《アデスガタ》を観賞するのはきらいではないが、これほど多いと、どうもヘキエキする。私には後宮《ハレム》の支配者になる資質は、どうやらないようだ。

風がやんだのはありがたいが、足もとから意地の悪い寒気がはいあがってくる。灰色の空の下、レオタードの大群。ここはパリ市内で、いやフランス国内で、もっとも作戦会議に不適当な場所であろう。

作戦会議。

そもそも私はこんなところで何のために何をしているのか。いや、上司のお傅《も》りをしていることはわかっているが、それにしたってもうすこし有意義な行動ができそうなものである。「シャンゼリゼ通りで買い物のおともをしていた」というほうが、まだしも他人を納得させることができるというものだ。

薬師寺涼子はともかくとして、室町由紀子のほうは、私と似たりよったりの心理的状態らしい。自分がなぜこんなところにいるのか、途方《とほう》にくれたような表情である。たしかに涼子のいうとおり、公務がすんだらさっさと帰国すればいいのだろうが、出立までの時間はどのみちつぶさなくてはならない。藤城邸なんかに来ず、ルーブル美術館にでも行けばよかったのに。

由紀子が寒そうにコートの襟をたてながら、私に向かって問いかけた。

「そもそも、料理人のルイ・パンドローはいったい何を目撃したために殺害されたのかしら」

「皆目《かいもく》、見当がつきません」

私は霊能力者でも超能力者でもないのだ。せめてパリ司法警察から捜査情報を得られれば、と思うのだが、捜査自体が進んでいないようだから、どうしようもない。

「ヨノナカ、ゼニトコンジョーヤ!」

大きな声が耳もとにひびきわたって、私が振り向くと、ひとりの若いフランス人女性が営業用らしい笑顔で立っていた。金髪に黄金色のリボンを結び、黄金色のレオタードを着こんで、つまりはヘラ女神の戦士、レオタードゴールドというわけだ。色彩でキャラクターが区別できるのは便利なことである。

彼女は私に向かって一枚の紙片を差し出した。どうせ「レオタード戦士」の宣伝だろうけど、受けとりを拒絶するのもオトナゲない。ジャパニーズ・スマイルで受けとった。

「メルシー」

と、ひとつおぼえのフランス語で謝辞をのべると、レオタードゴールド（に扮《ふん》した若い女性）はかるく片目をつぶってみせて、身をひるがえした。

単にそれだけで終わるはずのことだったが。

「あら、チラシまで日本語で書いてあるのね」

室町由紀子の声で、はじめて私はチラシに視線を向けた。内容にはまったく興味がないのだが、どんなことが書いてあるのやら。

私は日本語の文字を読んだ。

一瞬で硬直した私の表情を見て、涼子と由紀子が紙面をのぞきこむ。それには、フランス人が書くよりすこしはましな文字で、短く、つぎのように書かれていたのだ。

「ラチされてしまいました。敵の正体は不明です。助けてください。つぎの連絡を待つよう書け、と命じられました。岸本明」

「泉田クン、どんな人物にこれを渡されたの!?」

「金髪でレオタード姿の……」

私は絶句《ぜっく》した。見わたすかぎり、レオタード姿の女性の海だ。私に岸本の手記を押しつけた女性は、その人波に溶《と》けこんで、どこにいるのか見当もつかない。たとえ発見して事情を質《ただ》しても、誰かに頼まれた、と答えられたらそれまでである。

由紀子がふたたび日本語の文面をのぞきこんだ。

「この丸っこい文字は、たしかに岸本警部補のものね。何者かにとらえられた……でも、いったい何者にそんなことを」

「岸本のやつ、拉致《らち》って漢字を書けないのね。上司のお仕込《しこ》みがよろしいこと」

「余裕がなかったんだと思いますよ。それこそ銃でも突きつけられていたのかもしれないし……室町警視にうかがいますが、岸本警部補はフランス語は達者《たっしゃ》でしたか」

由紀子は眼鏡に指をかけながら、かるく首をかしげた。

「まあ、そこそこでしょうね。お店の看板くらいならいちおう読めるはずよ」

「つぎの連絡を待つよう書け、と命じられました」と文面にある。岸本が日本語で書いた文面をチェックする能力が、「敵」にはあるはずだ。だとしたら、岸本は日本人の手で拉致されたのだろうか。

由紀子の白い頬が紅潮している。

「このままでは日本に帰れないわ。岸本警部補をさがしださないと」

「そりゃそうよねえ」

あでやかで邪悪な笑《え》みを、涼子は浮かべた。

「直属の部下が、公務が終わったあともすぐに帰国しないで、よりによって、アニメのコスプレ大会のさなかに行方不明になったんだもの。上司としては管理責任を問われるのは当然。おめおめと自分ひとり帰国できる立場じゃないわよねえ、オーッホホホホ！」

「その場にいあわせた以上、私たちも、いくらか責任を問われると思いますよ」

いちおう私はいってみたが、涼子の高笑いの前には、強風の前のロウソクでしかなかった。

由紀子が表情をあらためた。

「そもそも、どうしてあなたは藤城家の奈澄さんをあやしむような言動をしめすわけなの、お涼？　彼女が何かやったという証拠でもあるの？」

「シャルル・ド・ゴール空港で、老人が怪物に殺された。その老人はアルゴのヨーロッパ総支配人・藤城奈澄の家の料理人だった。そして藤城奈澄の家に、おなじ怪物があらわれた。以上みっつの現象を並べてみたら、どうやったって結論はただひとつ。怪物と藤城奈澄とは関係あり、よ。それに対して、いったいどういうイチャモンつける気なのさ」

「空港の怪物とやらは、藤城邸にあらわれた怪物と、ほんとうにおなじものなの？」

「おなじものよ。見りゃわかるでしょ！」

「室町警視は、空港の怪物を見ておられませんよ」

公平を期するために、私は口をはさんだが、涼子のせせら笑いを誘発《ゆうはつ》しただけだった。

「目撃していたって、この女には事態がわかりゃしないわよ。眼鏡をかけてごまかしてるけど、奥にあるのはフシアナなんだからさ」

「宣誓《せんせい》のうえ証言してもよろしいです、室町警視。空港の怪物と藤城邸の怪物は同一のもの、すくなくとも同類です」

私がいうと、由紀子は、あからさまに涼子を無視し、私に向かってうなずいた。

「では信じます。両者は同一のもの、それを前提として話をすすめることにしましょう。いいですね、泉田警部補」

「あんた、いつから議長になったの」

涼子の口調は半ば抗議、半ばヤユである。

「わたしは冷静かつ客観的に討議したいだけです。岸本警部補を無事に救出するためには、こちらも冷静にならないと」

「岸本のやつが二度と帰って来なくても、あたしはべつに痛痒《つうよう》を感じないわよ」

涼子は私に視線を向けた。

「泉田クンはどう思う？」

「そうですね……」

慎重に、私は言葉を選んだ。

「生きていればうれしい、ということもありませんが、殺されたりしていれば、やはりかわいそうですね」

「つまり半殺しがいいってわけね」

「そうはいってません」

「はっきりしなさいよ。レオコン岸本を助けに行くの、行かないの!?」

「捜しに行きましょう」

もういちど慎重に、私は言葉を選んだ。自分でもよくわからないのだが、私の態度は涼子と由紀子の双方に気を使ってのことだろうか。それとも、単に、コッパ役人としての平衡感覚のなせる業《わざ》だろうか。

II

涼子の動機のほうは、私にはよくわかった。岸本なんかどうなってもいいのだが、目の前にあるアルゴのヨーロッパ本社に踏みこむために口実がほしいのである。

「岸本がアルゴの社内でクローン人間づくりの人体実験にでも使われていて、岸本のそっくりさんがウジャウジャわいて出たりしたら一大事ですね」

「よくまあそんな気色《キショク》悪い想像ができるわね」

「最悪の想像をしてみただけです」

私たちは岸本を放っておいてムダ口をたたきつづけているように見えるが、しかたないのだ。「つぎの連絡」とやらが来るまで、動きようがないのだから。

由紀子が考えこみながら発言した。

「アルゴが開発するとしたら、むしろロボットでしょう？　ロボット犬とか深海作業用ロボットとかを、すでに製造販売していることだし」

意表を突かれて、私は室町由紀子の白い端整《たんせい》な顔を見なおした。

「室町警視は、空港と藤城邸の怪物が、ロボットかもしれない、とおっしゃるんですか」

「そう信じているわけではないわ。ひとつの可能性を提起してみただけよ」

「異議あり」

と、涼子が手をあげる。由紀子の議長役を認めたわけでもあるまいが、涼子としては、由紀子が「一プラス一は二」といっても異議を申し立てるにちがいない。

「あの怪物は空港で老人の頭蓋骨に穴をあけて脳ミソを吸いとったのよ。ロボットならそんなことする必要ないでしょ」

「吸引《きゅういん》したことはたしかでも、だからといって食用にしていたとはかぎらないわ」

「ですが、食用じゃなかったとしたら、何のために脳を吸引したりしたんでしょうか」

「……ふうん、なるほど」

何やら思いあたったような涼子の表情だ。

「お由紀はこういいたいわけね。あの怪物はロボットで、人間の脳を吸引し採集するためにつくられたんだ、と。あんたにしちゃ、そう悪い発想でもないけど、結局、疑問は残るわよ。何のためにロボットなんか使って人間の脳を集めるのか」

「それは何かの実験に使うか、材料として必要だからじゃないかしら」

「だから何の実験？」

「まだわからないわよ、そんなこと！」

涼子の攻勢を受けて、冷静な議長役のはずの由紀子が、つい声を高くする。

「でも、室町警視の発想は使えますよ」

いってから、私はすこしあわてた。ノンキャリアの警部補のブンザイで、キャリアの警視どのの考えを「使える」などと、不遜《ふそん》な表現をしてしまったからだ。どなりつけられてもしかたがないところだが、涼子だけでなく由紀子も気にしたようなようすはない。

それどころか涼子は、私の指摘が気に入ったようである。

「たしかに使えるわね。アルゴの社内に踏みこむのに、絶好の口実になる。いっとくけど、お由紀、『捜査令状もないのに』なんてヤボなこといわないでよね。すべてはあんたの管理能力の不足から来たことなんだからさ」

厚い雲の一部が切れて、冬の太陽が、弱々しい光の一閃《いっせん》を地上へ投げ落とした。アルゴ・ヨーロッパ本社のビルがその光を受け、壁面のマークがあわい黄金色のきらめきを発する。

「アルゴ・ヨーロッパ本社のビル内に岸本の死体がころがっていたら、万事めでたしめでたしなんだけどね」

「まあ岸本当人はともかく、それじゃ親御《おやご》さんが気の毒ですよ。自慢の息子サンでしょうからね」

「自慢？　どこがよ」

「国家公務員I種試験に受かったキャリア警察官僚ですからね。そりゃあご両親の自慢の種だと思いますよ」

ときどき忘れてしまうが、岸本はエリートなのだ。すくなくとも私なんかよりずっと勉強はよくできたはずである。将来、警察庁長官はともかくとして、神奈川県警本部長くらいにはなれるはずであった。私は警視庁に採用されたノンキャリアだから、よその府県の警察本部に異動することはない。ささやかなシアワセというものである。

ふと思いついて、私は由紀子に確認した。

「帰路《かえり》の航空便は、むろん手配してありますね。いつの便ですか」

「あさってよ」

するとと出張の予定どおり由紀子が帰国するには、明日のうちに事件を解決してしまう必要がある。一連のできごとが「事件」である、としてのことだが。

由紀子はアルゴのビルを眺《なが》めやった。かなり複雑な瞳の色が、眼鏡ごしにうかがえる。涼子のペースに巻きこまれて、巨大企業アルゴや、ヨーロッパ総支配人の藤城奈澄を疑うようなハメになってしまった。そのことを自覚して、とまどい、かつ後悔しているようにも見える。

私自身、アルゴに対する態度を完全に決めたわけではなかった。藤城奈澄に対して不審の念はあるが、怪物との関係について何ら証拠があるわけではない。藤城奈澄があやしいとしても、アルゴとは無関係で、彼女の個人的な事情かもしれない。私はもともと涼子が正しいと思っているわけではないのだが、それでも彼女がアルゴのビルに踏みこむときには同行するだろう。それが私の役目だから。もしかしたら日本を代表する巨大企業の名声に傷をつけてしまうかもしれないが。

涼子が私の心を読んだようにいった。

「正義のためなら、アルゴのひとつやふたつ潰《つぶ》れてもしかたないわよ」

ほんとうに正義のためか？

「ま、それでなくとも、文明の発展と警察の捜査には、犠牲がつきものだしね。いちいち気にしてたら、警察官なんかやってられないわよね、泉田クン」

「すこしは気にしてください。日本の警察はナチス・ドイツの秘密警察《ゲシュタポ》じゃないんですから」

「わかってるわよ。ゲシュタポってけっこう有能だったそうじゃない。すくなくとも公式発表を何度も訂正するような醜態《しゅうたい》は……」

涼子は硬質の美しさを誇る唇を閉じた。憎まれ口が一瞬に遮断《しゃだん》される。由紀子のほうは口をOの字形に開いたが、声はあげなかった。私は振り向いた。見たくもないのに、不吉なものを見せつけられるだろうという予感があった。

レオタード姿の女性たちが、口々に叫んでいる。これまでの陽気にはしゃぎまわる声とちがって、不安と驚愕《きょうがく》に満ちた声だ。彼女たちの肩のあたりから頭上にかけて、黒々とした影が飛びまわっていた。それも私たちに向かって、みるみる近づいてくる。

レオタード美女のひとりの肩先を蹴って、一匹の生物が宙に躍った。シャルル・ド・ゴール空港、藤城邸につづいて、三度目の出現だ。人血《じんけつ》を球形にかためたような真紅の眼が、まっこうから私をにらみつけた。

「泉田クン、どきなさい！」

涼子の手に何かがにぎられている。とっさに私は制止した。

「薬師寺警視、人ごみです。発砲しちゃいけません！」

瞬間、怪物の影が躍った。

黒い弾丸のようなものが私に向かって急接近してくる。怪物が私めがけて舌を突き出したのだ。まだどんな特殊撮影映画《SFX》でもお目にかかったことのない殺人舌を。

かろうじて私は身をひねった。

コートの布地をかすめて、棒状の舌は広場の敷石に突き刺さる。ガラスにひびのはいるような音がした。高速で舌が巻きもどされたあと、なめらかな石の表面に円《まる》い穴が深々とうがたれている。

いまさらながら、私は戦慄した。よろめきつつも、足を踏みしめて転倒をまぬがれたが、つぎにどういう姿勢《しせい》をとるべきかわからない。

いったん着地した怪物は、瞬時にふたたび跳躍して私の頭上にいた。一六区の藤城邸では、ぬいだコートを使って攻撃をふせいだが、いまここでコートをぬぐ暇などない。押しよせる敗北感のなかで、私は左腕をかかげた。腕一本犠牲にしても、頭を守らなくてはならない。

ふたたび怪物の舌が伸びてきた。「逃げて」という由紀子の叫びが耳をかすめる。状況が一変したのは、それと同時だった。

怪物の姿が宙で一転する。

私の足もとで何かがはねた。長さ三〇センチほど、いやらしい肉色をしたゴム製の棒に見えた。それが怪物の舌の一部であり、何か鋭利な物体によって切断されたのだということを、私は〇・五秒でさとった。

私は視線を転じた。私の生命の恩人が、すぐ近くに立っていた。薬師寺涼子の襟もとには絹のスカーフがない。それは彼女の右手ににぎられている。

怪物が私めがけて殺人舌を伸ばした瞬間、涼子は手にしたスカーフをふるって、横あいから怪物の舌を切断してのけたのだ。たしかに彼女は剣の天才でもあるが、それにしても……。

私の視線を受けて、涼子がかるくスカーフを持ちあげてみせた。

「このスカーフには、一本だけ炭素繊維がしこまれているのよ。うちの会社《JACES》で開発した秘密兵器なの」

「そうでしたか。JACESの技術部にお礼をいっておいてください」

「その前に、あたしにお礼をいうべきでしょ！」

「もちろん感謝してますよ。死んでもご恩は忘れません」

死んだあとのことは、神さまの裁量《さいりょう》にゆだねることにしよう。

生命が助かったものの、私は身動きがとれなくなっていた。生理的嫌悪感をこらえて、怪物の舌を靴底で押えつけていたからだ。私は日本人として、けっして小柄なほうではない。それなのに、独立した生物のようにうごめく舌を押えつけるため、全体重をかけなくてはな

らなかった。

「怪物はどうしました？」

私の問いに答えたのは室町由紀子だった。

「あっちに」

そういって指さす顔が蒼《あお》ざめている。彼女の指先で悲鳴があがり、レオタードの波が揺れていた。

そして、人波の向こうに私は見たのだ。鉛色の空を圧して、巨大な墓碑《ぼひ》さながらにそびえたつアルゴ・ヨーロッパ本社のビルを。

III

予想どおりの音が、私のすぐ近くで鳴りひびいた。出撃するハイヒールが敷石を蹴りつける音だ。

コートの裾がはためいて、完全無欠の脚線美がひざの上まであらわになる。薬師寺涼子は前進した。昂然《こうぜん》と頭をあげ、前方の敵陣を直視して、右手には炭素繊維をしこんだ世界一危険なスカーフをにぎったまま。それはもう、剣を手にした伝説の女騎士さながらに、美しく、凛々《りり》しく、カッコよかった。

いや、見とれている場合ではない。

室町由紀子に向かって、私は叫んだ。

「室町警視、薬師寺をとめてください。私はこいつを何とかしてから行きます」

由紀子は私を見て何かいいかけたが、視線を私の足もとにうつすと、緊張した表情でうなずいた。「お涼」と呼びかけながら、急ぎ足に歩み寄る。

私は懸命《けんめい》に「こいつ」を片足で押えつけながら、コートのボタンをはずしかけた。この暴れまわる怪物の舌を、コートでつつもうと思ったのだ。どう考えても、素手でつかむのは無《む》謀《ぼう》というものだった。

だが、ふたつめのボタンに手をかけたとき、私の身体は乱暴に押しのけられていた。私はよろめいたが、どうにか舌を踏みつける足をそのままに体勢をととのえかけた。

何百もの花が咲き競うようなレオタードの大群のなかに、私と同様、まるで場ちがいの人影が出現したのだ。体格のいい中年の男と、中背の若い男。不機嫌そうな表情と、機能的なコート姿が共通している。

抗議しようと思ったが、とっさにフランス語など出てこない。英語の単語を脳裏《のうり》でさがしかけて、私は中止した。私を押しのけた二人組の顔に、見おぼえがあったのだ。つい何時間か前に、一六区の藤城邸でお目にかかった顔である。

パリ司法警察の刑事たちだ。

どうやらクレモン警部の命令で、藤城邸からここまで「あやしい日本人グループ」を尾行してきたと見える。ご苦労なことだ。だがフランスだろうと日本だろうと、刑事の仕事はほとんどがご苦労なことなのである。

中年の刑事がけわしい形相《ぎょうそう》で私の両肩をつかみ、さらに押した。若い刑事のほうはすばやくコートをぬぎ、私の足を押しのけて怪物の舌にかぶせた。ふたりの間に、するどいひびきで、フランス語の台詞《せりふ》がかわされる。

せっかく私が確保した怪物の舌は、パリ司法警察の手に押収《おうしゅう》されてしまう。権限からいえば当然のことだ。だが私は納得できなかった。これは薬師寺涼子の戦利品であり、彼女の許可なしに他者の手に渡すことはできない。

「落ち着け、よく考えろ」

それは私の常識の声だった。だが、その声が聞こえたとき、私はすでに思いきり片足をあげ、振りおろしていた。

したたかに足の甲を踏まれた巨漢の刑事が、苦痛と怒りの叫びをあげる。私は刑事の大きな毛深い手を振りはらって跳《と》びのいた。間髪《かんはつ》いれず手を低く伸ばす。地面にひざをついていた若い刑事が、おどろいて顔をあげる。私は地面にひろがったコートを両手ですくいあげた。コートをもみくちゃにしたまま抱きかかえると、あきらかに、なかでうごめくものがある。

怪物の舌を奪回すると、私はレオタードの群れをかきわけて走り出した。

肩ごしに振り返ると、巨漢の刑事は、赤いレオタードの女性を抱きかかえる姿勢で、地面にひっくりかえっている。衝突してしまったらしい。怪物の舌を奪回された上、自分のコートまで強奪された若い刑事は、憤然として何かどなった。役たたずの元帥どもをののしるナポレオン一世みたいな態度だった。一瞬、スーツの内ポケットに手をつっこみかけたが、人ごみのなかだということに気づいて立ちすくむ。たちまちレオタードの人波が、彼と私を分けへだてた。その間に、私は涼子と由紀子が争論《そうろん》する場に駆けつけることができた。

「何ごとなの」

と、女王サマがご下問《かもん》になる。

「パリ司法警察のおでましです」

「フン、尾行されてたってわけね」

「怪物の舌を横どりされそうになりましたが、とりもどしました」

「よろしい、さすがにあたしの忠臣！」

満足そうに涼子はうなずいた。由紀子のほうは何といってよいか判断がつかないのだろう、このときは沈黙していた。

「いずれ舌ぐらい司法警察に貸してやってもいいけどね。それも相手の出かたしだい、取引材料をやすやすとくれてやれるものじゃないわ。それじゃさっさとアルゴに乗りこもう！」

由紀子がきびしい視線を涼子に向けた。何と発言すべきか、判断がついたらしい。

「アルゴだけでなく、パリ司法警察とも敵対するつもりなの、お涼⁉」

「まさか」

涼子は片手でかるく前髪をかきあげた。

「あたしは司法警察なんか相手にしてやらないわよ。悪いけど、そんな暇ないの」

涼子は私を向いて、共犯者を見る目つきで微笑した。

「ほら、ぐずぐずしないの。追いつかれるわよ」

何に、と問いかえす間もなく、フランス語の怒声《どせい》が耳をたたいた。司法警察の刑事たちが、レオタードの人波をかきわけて肉薄《にくはく》してきたのだ。

涼子は駆け出した。私はコートごと怪物の舌をかかえたまま、あとを追った。涼子は最初からその気だったし、私としてもパリの同業者たちとしばらく顔をあわせたくない。刑事たちから逃《のが》れる理由がないだけに、由紀子は一瞬、去就《きょしゅう》に迷ったようである。だが、ついつられてしまったのか、岸本をさがすのに他の方法がないと思ったのか、私につづいて駆け出した。ちなみに由紀子の靴はごく機能的なパンプスで、涼子のようにこれ見よがしのハイヒールではない。以前、由紀子はハイヒールをはいて走ったために転倒し、足首をくじいたことがある。そう古いことでもないので、ハイヒールには苦手《にがて》意識があるのだろうか。

駆けこんだアルゴ・ヨーロッパ本社ビル内のショールームは、面積といい設備といい、ちょっとした室内テーマパークだった。これまでアルゴが開発してきた製品のかずかずが展示されている。ただ並べてあるだけでなく、訪問者たちが操作して動かすこともできる。かってに動いているのは、発売当時たいそう評判になったペット用のロボット猫《ネコ》だ。

刑事たちは追いついてこない。アルゴと摩擦《まさつ》をおこすのをさけるよう厳命《げんめい》されていて、追跡を断念したのだろうか。

私たちは受付をさがした。ショールームの一角にそれらしいブースを見出し、足を向ける。「つかつかと」という形容そのままに、涼子が歩み寄ったときであった。

「とうとうここまで来おったな、魔女め！」

敵意にみちた日本語に振り向くと、和服を着こんだ老婦人が私たちをにらみつけていた。海老茶《えびちゃ》色の羽織《はおり》の脇に、壺《つぼ》のようなものをかかえこんでいる。この日の午前中、藤城邸で出会った女性霊能者だ。ほぼ五時間ぶりの再会だが、べつにうれしくはなかった。あきらかに老婦人は涼子を魔女と見なしている。それはそれで正しい見方ではあるが、ご本人の顔つきも年老《お》いた魔女にしか見えない。

「えい、魔女め、寄るでない！」

どなるなり、老婦人は手を振った。白い粉が宙に舞う。

室町由紀子と私は、避ける間もなく、白い粉を頭からかぶってしまった。それで粉の正体がわかった。塩であった。

いまさら説明するまでもないが、塩はつまり魔よけやお浄《きよ》めに使われるものだ。私たちは、老婦人によって、魔女の一党と見なされたわけである。私はともかく、由紀子はさぞ心《しん》外《がい》であったにちがいない。

由紀子は反射的に塩を払い落としたが、相手が老人なので、それ以上どうしてよいか、わからなかったようだ。老婦人のうなり声があがった。あざやかな動作で、涼子が老婦人の手首をひねりあげたのである。

「あんたがほんとうに霊能力者だっていうんなら、あたしを地上から消してごらんなさいよ。いますぐ、ここで。さあ、塩なんかあてにせず、自力でやってみたら⁉」

涼子の言動は過激だが、内容的には私も同感である。多くの人が見守るなかで空を飛んでみせた霊能者なんて、ひとりもいない。一九九一年末にソビエト連邦が消えてなくなる、と予言した予知能力者も、ひとりもいない。職業的な霊能力者というのは、つまりインチキ霊能力者という意味だ。

老婦人の手から壺が落ち、鈍い音をたてて割れた。床に塩が散乱する。

「あー、バチあたりめ、バチあたりの小娘め。この手をお離し。でないと、天罰が下るよ。後悔するよ！」

「だから、天なんぞに頼らないで、あんた自身が罰を下したらどうなのさ。霊能力者なんでしょ」

おどろいて近よってくる人々の注目をあびながら、涼子は一喝《いっかつ》した。

「ただ年上だというだけで尊敬してもらえるなんて思ったら大まちがいよ。さっさと支配人室に案内おし。どうしてもあたしのジャマをする気なら、日本へ帰国する航空便の搭乗再確認《リコンファーム》を永遠に必要なくしてやるから！」

涼子に二、三度振りまわされて、老婦人はおおげさな悲鳴とともに手足をばたつかせた。青い制服のガードマンがとんでくるのが見えた。

IV

アルゴ・ヨーロッパ本社の支配人室は、ビルの三〇階にあった。南西の角にあり、二方に大きく窓が開けているので、パリ市街の全景が一望のもとである。晴れた日の夕方など、エッフェル塔の影絵《シルエット》が黄金色の空を背景として、さぞみごとに浮かびあがるのだろう。

無礼な侵入者の一団を迎えて、アルゴ・ヨーロッパ本社の支配人は、デスクの上にひろげていたファイルを閉じながら立ちあがった。すると、背後の壁にかけられていた肖像画の下半分が隠れた。

企業というものは、しばしば宗教団体に似ている。創業者は教祖さまだ。壁にかかっていたのは、まさに教祖さまの肖像画だった。アルゴの創業者で、何年か前に死去した藤城正昭《まさあき》氏のものだ。いささか美化されているようだが、なかなかりっぱな顔だちで、奈澄のような美女の祖父にふさわしい。

アルゴ・ヨーロッパ支配人の入江《いりえ》隆徳《たかのり》氏は、眼下にパリの都を睥睨《へいげい》しながら、つねに背中と後頭部を、教祖さまの視線にさらしているというわけだ。

入江氏は五〇代半ばに見える。背はそれほど高くないが、身体の幅や厚みはなかなかのものので、眼光もするどい。何か武道でもたしなんでいるのか、私たちを見てデスクから立ちあがった動作にも隙がなかった。

「いったい何ごとですか」

おだやかそうな口調だが、目には愛想のかけらもない。なかなかハードそうな人物だ。それにしても昨夜以来、「何ごとだ」という質問をずいぶん受けたような気がする。

涼子が老婦人の襟首をつかんだまま答えた。

「総支配人から話を聞いてないようね。昨夜、シャルル・ド・ゴール空港でおたくの社の関係者が殺されたの。その犯人がこのビルに逃げこんだらしいのよ。もうすぐパリ司法警察の刑事たちも駆けつけてくるわ」

「司法警察？」

入江氏は薄く笑った。

「話になりませんな。当社に立入り捜査したいとおっしゃるなら、せめて国土保安局の捜査令状でも持ってきていただきたいものですが」

私は口をはさむのをこらえた。涼子の事情説明は、事実を彼女につごうよく脚色《きゃくしょく》したものので、嘘ではないにしろホラに近い。刑事たちはアルゴではなく私たちを追ってくるのだ。

それにしても、入江氏の態度には、私が無視できないものがあった。身におぼえがないのなら、「警察」と聞いて平然としていられるのは当然かもしれない。だが、「国土保安局」などという名を持ち出すとは。

私としては警戒せずにいられなかった。

国土保安局とはフランスの公安警察だが、やることが乱暴で強権的《きょうけんてき》なこと、おそらく先進国のなかでも一番であろう。核実験反対グループの船を爆破して乗員を殺害したのもこの連中である。世界的に有名な女優の事故死についても、スキャンダルをおそれた政府高官の指示によって国土保安局が暗殺したのだ、といわれている。

私が脳裏《のうり》に思い浮かべたのは、藤城奈澄の顔だった。彼女がベッドで大統領におねだりしたら、国土保安局へ指令が飛び、私たちに兇々《まがまが》しい触手が伸びてくるのだろうか。

だが、こちらも日本の公務員だ。私はともかく、薬師寺涼子と室町由紀子は将来のＶＩＰであり、日本警察が見すてるはずがない。いや、由紀子はともかく、涼子は見すてたいだろうが、おとなしく見すてられる涼子ではない。

「へえ、国土保安局なんてご存じなの。おお、こわい。さすがに世界のアルゴだこと。暴力団をたよりにしてる銀行なんかとスケールがちがうわね」

形のいい鼻の先で、涼子は笑いすてた。

入江支配人はつぎのようにいうべきだった。

「司法警察じゃしようがありませんな。予審判事《よしんはんじ》でも呼んできたらどうです」

予審判事はフランスのミステリーにかならず登場するが、日本でいう検事のことだ。犯罪捜査のとき、容疑者を尋問・逮捕・拘留する権限を持つ。

一時、フランスでは女性が司法大臣をつとめ、その下で気鋭《きえい》の女性予審判事グループが社会の不正を摘発するのに大活躍して、全ヨーロッパの評判になったものだ。それはともかくとして、犯罪を捜査する機関ではなく、国土保安局などの名前を持ち出したのは、入江支配人の失敗である。涼子の性格を知らなかったからだろうが、いかがわしい背景があるということを、すすんで告白したようなものだ。

「たとえていえば、の話です」

内心はどうか知らないが、表面は落ち着いて、入江支配人は涼子の挑発をかわした。

「私はこれまで何年も、外国人社員にアルゴイズムをたたきこんでやってきた。なかには国土保安局から出向してきた者もいるが、例外ではない。それだけのことです」

「アルゴイズムをたたきこんでやる」

ときた。企業名の下に「イズム」をくっつけるのは、それこそ企業と宗教団体とを混同するものだろう。日本の大企業は、社会的な責任もはたさないくせに、自分たちの経営方針こそ世界でいちばんすぐれた思想だと信じこんでいる。宗教団体というよりカルトに近いかもしれない。

「ふうん、アルゴイズムって、このバアさんと関係あるのかしらね」

涼子が失礼にも老婦人の羽織の紐《ひも》を引っぱったので、老婦人はつんのめるように二歩ほど前進した。

入江支配人は苦《にが》い表情をした。霊能力者とやらに好意をいだいていないのは明らかだった。

「ばかばかしい、無関係です」

「あら、そう。ところで、おバアさん、名前は何というの?」

「は、花園《はなぞの》すみれ、じゃ」

「芸名なんて尋《き》いてないわよ」

「戸籍《こせき》上の本名じゃ!」

「あら、江戸時代の生まれにしては、変にしゃれた名前じゃないの」

「何をいうか、わたしは昭和の生まれだ」

「へえ、そうなの?」

涼子が問いかけたのは、入江支配人に対してだ。国際的巨大企業のエリート・ビジネスマン氏は、花園すみれ女史に対して、あからさまに軽《かろ》んじる視線を向けた。

「私は知りませんな。その人は、当社の正式なスタッフではありませんから」

「でも、オーナー一族の知人でしょ？」

「そんなことより」

と、入江支配人は強引《ごういん》に話題を転じた。

「さっきから気になっておるのですがね」

入江支配人の、白っぽい針のような眼光が私に向けられていた。正確にいうと、私がかかえこんだ物体に対してだ。丸められたコートのなかには、怪物の舌がくるみこまれている。薬師寺涼子が世界一危険なスカーフであざやかに両断《りょうだん》してのけたものだ。私はコートを着こんだままだから、さらにもう一着のコートをかかえこんでいる姿は、事情を知らぬ者から見れば、さぞ奇異《きい》なことだろう。

「そちらの人がかかえているのは何ですか」

「コートです」

「コートだけじゃないでしょう。どうも動いているようだが、何を隠してつれこんだんですか？」

じつは私自身も気になっていたのだ。かかえこんだコートのなかで、何かがうごめいていたからである。

何か？　もちろん涼子に切断された怪物の舌に決まっている。だが、舌だろうと腕だろうと、本体から切りはなされて自力で動けるはずはない。普通なら。

普通ではなかった。そのことは充分に承知していたつもりだが、私みたいな凡人の予測は、きびしい現実によって、しばしば裏切られる。

「妙なものをつれこまれてはこまりますな。正体をはっきりさせた上で、外へ出してもらいましょう。神聖なオフィスにペットなどつれこまれては……」

入江支配人は絶句した。コートの一部がいきおいよく盛りあがったからだ。同時に、私の腕から何かがすりぬける感触がした。

大きなコウモリが、音たかく翼をひろげる。そんな感じでコートがはためき、怪物の舌が猛然と宙に躍り出た。

三〇センチていどの長さだった舌は、どう見ても八〇センチほどの長さに「成長」していた。まさに空飛ぶ蛇《へび》だ。

仰天《ぎょうてん》した入江支配人が椅子から立ちあがる。

怪物の舌は宙で大きくくねると、一直線に伸び、入江支配人めがけて飛びかかった。

反射的に入江支配人がデスクに上半身を伏せる。怪物の舌は彼の頭をかすめて、壁の肖像画に激突し、はねかえった。今度は後方から入江支配人におそいかかる。

不気味な肉色の兇器は、入江支配人の首に音をたてて巻きついた。

一瞬の沈黙。

自分の身に何がおこったかを理解して、入江支配人が絶叫《ぜっきょう》を放った。非常ベルのように高い声が、たちまち苦しげなうめきに変わる。怪物の舌が強烈な力で入江支配人の首をしめあげたのだ。音をたてて椅子が倒れ、入江支配人は床にころがった。両手を怪物の舌にかけ、両足で空《くう》と床をかわるがわる蹴りつける。

駆けよろうとした私の動きは、涼子の声でとまった。

「ただ助けてやる法はないわよ、泉田クン」

ハイヒールの踵《かかと》を鳴らして、涼子は、入江支配人に歩み寄った。

「助けてほしかったら、アルゴ・ヨーロッパ本社の内情《ないじょう》について、あたしの質問にすべて答えなさい。そう約束したら助けてあげる」

入江支配人はうなり声で答えた。みるみる顔色が変わり、頬《ほお》の肉が痙攣《けいれん》する。

由紀子が見かねたように声をあげた。

「このままだと死んでしまうわよ」

「大丈夫よ。金星人だったら、三〇分ぐらい呼吸しなくたって死にやしないから」

「金星人のことはよく知らないいけど、この人は地球人でしょ！」

「不愉快ね。地球人のひとりとして、そんなこと認めたくないわ」

「お涼！」

「何よ！」

ふたりの美女がにらみあったので、今度は私が、不運な入江支配人を説得することにした。

「彼女は本気だ。あんたが知ってることを全部しゃべらないと、平然として見殺しにするぞ」

「うあ……あう、うわ、わあ……」

「日本のキャリア警察官僚のおそろしさを、あんたもTVニュースなんかでよく知ってるだろう？　目的のためには手段なんか選ばないんだ。このままだと、死人に口なし、で終わってしまうけど、それでもいいのか？」

私の誠意あふれる説得には効果があったようだ。必死の形相で入江支配人はあえいだ。

「しゃ、しゃべる、しゃべる」

「ほんとだな」

「ほんとだ！　だ、だから、たす、たす……」

あとをつづけることができず、入江は白眼をむき、口角《こうかく》から泡を噴きはじめた。私は涼子を振り向いた。

「しゃべるそうです。助けてやってください」

「しゃべるの？　しかたないわね。この根性ナシ、まったく口ほどにないんだから」

残念そうに、涼子は入江支配人のデスクに歩み寄った。黄金の羊をかたどった置物を持ちあげ、右の角《つの》をかるくねじると、羊の背中から青い炎があがった。卓上ライターだったのだ。

ライターを手にして、涼子は入江支配人に歩み寄った。老婦人と由紀子がその姿を見つめる。

「泉田クン、支配人を押えつけて」

「わかりました」

私はイヤイヤ命令にしたがった、というと嘘になる。入江支配人は同情も共感も呼びにくい男だった。私は一ミリグラムの遠慮もなく、七転八倒《しちてんばっとう》する入江支配人を押えつけ、腹の上にすわりこみ、怪物の舌の動きに注意しながら頭を押えこんだ。

「どうぞ」

「よろしい、いくわよ」

ライターの炎が怪物の舌をあぶりはじめると、入江支配人は苦悶のあまり自分の舌を突き出し、両足で宙をかきまわした。

何十秒後のことか、怪物の舌は風を鳴らして入江支配人の首からはなれた。天井めがけて高くはねあがり、ついで急降下して床にはう。まったく蛇そのものの動きで、とびのく由紀子の足もとを疾《はし》りぬけると、扉の下の隙間をすりぬけて——外へ消えた。

「追いますか」

「必要なし」

私に答えて、涼子は入江支配人を見すえた。

「さて、何かいうことはある？」

「私はまっとうなビジネスマンだ」

まだ変色したままの咽喉《のど》をさすりながら、入江支配人はうめいた。私は彼の上半身をささえて起こしてやった。

「こんないかがわしいババアを信じてはいないし、尊敬もしとらん。だが総支配人が賓客《ひんきゃく》として遇しておられる以上、私としては何もいえん」

呼吸をととのえながら、怨《うら》みがましく老婦人をにらむ。冷静そうな口調だが、ほんとうに冷静なら、社外の人間にこんなことはいわないだろう。まだ脳細胞に充分、酸素がいきわたっていないのかもしれない。

「宮づかえはつらいわね」

涼子はオタメゴカシを口にした。

「で、このバアさんは、あんたに呼ばれもしないのに、パリまで来て、どんなことをやってたの？」

「くだらん話だ。錬金術《れんきんじゅつ》がどうとか……いや、もちろん私は信じちゃいないが」

入江支配人は唾《つば》を吐きかねないようすだった。

「錬金術、ねえ」

知ってはいても、私にとっては辞書のなかにしか存在しない言葉だ。魔女とか宗教裁判とかとならんで、中世ヨーロッパ社会の暗部を象徴するもの。世界史でそう習ったような記憶が、かすかにある。

いきなり、けたたましい叫びが壁に反響した。

「あー、おそろしや、いまわしや、神国ニッポンを汚染する切支丹伴天連《キリシタンバテレン》の邪悪な魔術じゃ。神国を守るために、アルゴは天兵《てんぺい》とならねばならぬ。神よ仏よ、邪霊妖魂《じゃれいようこん》の持ち主たる魔女をばセイバイするため、我にお力を貸したまえやー！」

錯乱《さくらん》したかのように走りまわる老婦人を、由紀子、入江支配人、私はあっけにとられて見守った。

「そのくらいにしといたら？　どうせアカデミー主演女優賞はとれっこないんだし」

せせら笑う声が、老婦人の奇声《きせい》を圧した。両手をあげて走りまわっていた老婦人の足が急停止する。

「いくら三枚目の奇人怪女《きじんかいじょ》のフリしたって、あたしの慧眼《けいがん》はごまかせないわよ。さっさと正体をあらわしなさい、古ギツネ！」

自分で慧眼と称するのは、あつかましいというものだ。だが、涼子が何かを見ぬいたことはたしかだった。老婦人の表情に波が走り、そのままあえて涼子を見ようとはしない。

「花園すみれ、ねえ。初期の宝塚《タカラヅカ》少女歌劇団のスターみたいな名前だから、かえってごまかされそうになるけど、あんた、ウィリアム・ピアーズ大学でただひとりの日本人助教授だったドクター・スミレ・ハナゾノでしょ」

ドクターだって？　私はいささか唖然《あぜん》として老婦人を凝視した。由紀子も入江支配人も、絶句《ぜっく》して私とおなじ行動をとる。

自信満々で、涼子は語りつづけた。

「せっかくマサチューセッツ工科大学で工学博士号をとりながら、ネオナチの優生《ゆうせい》思想にかぶれて母校を追われ、ウィリアム・ピアーズ大学に招かれた。あたしの生まれる前のことだけどね」

何か思いあたったように、由紀子が視線と口を動かした。

「ウィリアム・ピアーズ大学というと、アメリカでネオナチ一派の巣窟《そうくつ》といわれているカリフォルニア州の……」

「そうよ。ネオナチ一派、ご当人たちはえらそうに歴史修正主義者《リビジョニスト》とか自称しているけどね。このドクター・ハナゾノはそこでせっせと研究や実験をくりかえしていたわけ」

「実験というと……まさか」

涼子は老婦人に指を向けた。

「密入国のメキシコ人を何十人か生体実験にかけて死なせた。それが明るみに出て、アメリカにいられなくなったわけよ。ま、三流の科学者らしい経歴というべきでしょうね」

「言葉に気をおつけ」

老婦人が低くいった。静電気をおびたような、危険にみちた声だ。その声で私はさとった。さとらざるをえない。老婦人に関して涼子が語ったことはすべて事実なのだ。

入江支配人は呆然として花園すみれ女史をながめやっている。口を半ば開いたままの表情に、エリート・ビジネスマンの面影《おもかげ》はうかがえなかった。「ドクター・ハナゾノ」の正体を知らされていなかったのだろう。

「あらあら、あんたは自分で思ってたほどの大物じゃなかったみたいね、支配人さん」

ここぞとばかり、涼子が嘲弄《ちょうろう》する。

「このバアさんは、オーナー一族の賓客なのに、あんたは正体を知らなかった。信頼されてなかったわけで、エリートとしての将来が思いやられるわよねえ」

入江支配人は答えない。額《ひたい》に汗の玉が浮かんでいるのは、暖房のせいばかりとも思えなかった。

第五章　店ごと全部いただくわ

I

ノエル、つまりクリスマスを数日後にひかえたパリ。

寒くて冷たくて暗くて陰気な北方の街は、午後四時にもならない日没のころから夢幻の境になる。セーヌ河にかかる三六の橋がすべてライトアップされ、かのシャンゼリゼ大通りには無数のイルミネーションがきらめいて、数百万の蛍《ほたる》が群舞するかのようだ。鉄骨の建築物としては世界一優美といわれるエッフェル塔も、曲線美を誇示するように夜空に青白く光りながらそびえ立つ。

そういうパリの東北の隅で、私たちはロマンチックな雰囲気とまったく無縁の対峙《たいじ》をつづけていた。窓の外には急速に黄昏《たそがれ》の帳《とばり》が青くおりはじめ、灯火の海がきらめきはじめる。恋人の肩でもだきながら眺《なが》めれば、さぞ陶酔《とうすい》に値《あたい》する光景だろう。だが、アルゴ・ヨーロッパ本社の支配人室では、熱雷《ねつらい》をはらんだ視線が飛びかい、空気は息ぐるしく五人の男女にのしかかってくる。いや、ひとりだけ傲然《ごうぜん》として、息ぐるしいようすなど見せない人物がいた。

「そもそも、お嬢ちゃん、無法に侵入してアルゴの関係者を尋問したり脅迫したりする資格が、あんたにあるのかい」

正体をあらわした花園すみれ女史は、胸をそらし、背筋《せすじ》を伸ばして私たちを見まわした。

「何なら国土保安局にはたらきかけて、あんたたちを国外退去させてもいいんだよ。大統領と奈澄との関係は、どうせ知ってるんだろ」

オーナーの娘であり、ヨーロッパ総支配人である藤城奈澄を、平然と呼びすてる。

「そら、そこに突っ立ってるのっぽのお上《のぼ》りさんをつれて、パリ見物でもしてればいいのさ。なかなかいい男じゃないか。わたしが三〇歳若けりゃ、ほっとかないけどね」

私に視線を向けながら、花園すみれ女史は暗赤色《あんせきしょく》の舌で唇をなめた。私はけっこう敬老精神の豊かな地球人のつもりだが、心からいわずにいられなかった。

「お願いですから、ほうっておいてください」

「こんなやつに、ていねいな口をきく必要ないわよ、泉田クン」

吐きすてるような涼子の口調だった。そのなかに、緊張のひびきがこもっていることを、私は感じとった。この花園すみれという老婦人は、涼子が本気になるだけの相手なのだ。私はせきばらいした。

「ええとですね、私どもの同僚である岸本明の所在《しょざい》について、ドクター・ハナゾノにうかがいたいのですが」

「岸本？　誰だい、それは」

「このメガネ女の部下よ」

　といったのは、もちろん涼子だ。当の由紀子はといえば、涼子の非礼な台詞《セリフ》に異議をとなえる余裕もないようで、沈黙したまま、花園すみれを見つめている。

「その部下とやらがどうしたのかい」

「このビルの近くで行方不明になりました」

「そんなこと、わたしの知ったことじゃないね。子供じゃあるまいし、ましてや警察官なんだろ。自分で道をさがして帰って来るだろうさ」

「正体不明の敵に拉致された、と連絡してきたのですが」

「正体不明？　それがどうしてアルゴのことになるんだい。アルゴと名指《なざ》ししてあったわけでもなさそうじゃないか、あんたたちのようすを見てみると」

　花園すみれは口の両端を吊《つ》りあげてあざけった。仮面めいた奇怪な嘲笑が、私に悪寒《おかん》をおぼえさせた。

　男の声がした。入江支配人である。

「そのとおりだ。世界のアルゴが、犯罪にかかわっているとでもいいたいのかね。もうたくさんだ、いますぐ出ていってもらおう」

入江支配人の太い指が、扉を指さす。明らかに彼は軌道修正をはかっていた。私たちが出ていったら、ただちに、花園すみれと話しあいをするにちがいない。彼女の正体や、オーナー一族の信頼を受けている理由について。

そうと知りつつ、私たちは撤退せざるをえなかった。涼子がうなずいて扉へと歩き出したからだ。「ひとまず戦略的撤退」と、彼女の顔に書いてある。由紀子も私も、この時点で独自の戦略案など持ちあわせていなかったから、同調するしかなかった。

扉をあけると、振り向きざま涼子は、室内に残るふたりにすて台詞をあびせた。

「今日のところはこれでカンベンしてあげるわ」

完全な悪役の台詞である。

扉を出ると、三人三様、不機嫌な表情でエレベーターへ向かう。エレベーターの扉があくと、ふたりの男が飛び出してくるのに出くわした。ふたりの男のうちひとりが、私たちを見て大声をあげる。これはまずい。私にコートを奪われた刑事ではないか。

「わかってる、返すよ!」

日本語でどなると、私は、刑事めがけて、かかえていたコートを放った。

地球人の社会には、善意や好意が裏目《うらめ》に出るという場合が、しばしばある。このときがそうだった。猛牛みたいに突進してきた刑事は、宙にひろがったコートを避けることも受けとめることもできず、頭からすっぽりかぶってしまったのだ。

刑事はつんのめり、それと入れかわりに三人の迷惑な日本人はエレベーターに飛びこんだ。もうひとりの刑事が、うなり声をあげ、閉まりかけた扉に両手をかけてこじあけようとする。涼子が腕を伸ばすと、刑事の鼻の頭を思い切り指ではじいた。

扉が閉ざされる。

一階でエレベーターから飛び出すと、私たちはショールームを走りぬけ、ロビーから建物の外へ出た。そこでまたしても意外な人物に出くわした。

「涼子お嬢さま……?」

JACESヨーロッパ総局の北岡伸行だった。この日は前夜のように隙のないスーツ姿ではなく、ごくありふれたブルゾン姿である。当惑した表情で涼子を見つめた。

「こんなところで君は何してるの?」

「お嬢さま」に冷たくいわれて、北岡は苦笑したようである。

「こんなところとおっしゃいますが、お嬢さまはご失念《しつねん》のようで。当総局にとって、アルゴ・ヨーロッパ本社は、最重要の顧客でございます。今日はちょっと作業の必要がありまして、こんな服装をしておりますが」

「あら、そうだったの」

わざとらしく、涼子はうなずいてみせた。

「だめじゃない、JACES《うち》は優良企業なんだから、お客は選ばなきゃ」

「もちろん選んでおります。アルゴさんは最上のお顧客《とくい》さまで、こちらの仕事をさせていただいていればこそ、当総局もフランス国内で信用を得ております。ありがたいことで」

苦笑を消して北岡は答える。私は彼の表情を観察した。北岡の返答ぶりは、涼子をたしなめてのことなのか、それともユーモアセンスが欠落《けつらく》しているだけのことなのか。どちらにしても、涼子の気にいりそうにない態度だった。

「そう、それじゃせいぜいがんばってね」

「あ、お嬢さま、これからどちらへ？」

「とりあえず、シャンゼリゼへね」

涼子にしても私にしても、「長居は無用」の心境である。これ以上、北岡にかまう気になれず、由紀子と三人で、玄関前にいあわせたタクシーに飛び乗った。走り出したタクシーの窓から振り向くと、アルゴのビルにはいったのだろう、もう北岡の姿は見えなかった。

II

シャンゼリゼ大通りの全長は約一七〇〇メートル。エトワール凱旋門のあるシャルル・ド・ゴール広場からコンコルド広場まで、普通に歩いて二五分というところか。

タクシーをおりた私たちがいるのはジョルジュ・サンク大通りとの交点に近い。六〇〇メートルほど先にライトアップされた凱旋門が青白く浮きあがって見える。近くには在仏《ざいふつ》日本人会や日本の航空会社の事務所もあって、パリのどまんなかという印象である。

はじめて私は「お上りさん」気分を味わうことができた。気のせいに決まっているが、寒冷な空気までが洗練され、夜そのものが絹のように光沢《こうたく》をおびて見える。行きかう男女のなかには凡人も俗物も小悪党もいるにちがいないが、誰もが自信とセンスにあふれているように思えるのは、パリという街の持つ魔力というものだろう。

パリを近代都市として再生させたのは、皇帝ナポレオン三世だという。彼はクーデターで共和政を打倒した陰謀家であり、外交や戦争では失敗をかさねたので、あまり評判がよくないが、内政や経済ではかなりの成功をおさめたらしい。自分が退位して一世紀以上たってから、極東からの観光客が路上にあふれるとは予想もしなかっただろうけど。

「まいったわ、いったいどうなってるのかしら」

由紀子がつぶやく。外国にいるということもあるのだろうか、東京にいるときより自信に欠けた態度だった。涼子は宿敵にかるい一瞥《いちべつ》を投げると、白い息の塊《かたま》りを吐き出し、私に問いかけた。

「泉田クン、どう思う？」

「アルゴ・ヨーロッパ本社で何かよからぬことがおこなわれているとしても、主役が誰だか、ちょっと見当がつかなくなってきましたね。薬師寺警視は、総支配人の藤城奈澄が一連のできごとの主導者である、と、そうお考えだったんですか？」

「そうよ。でも、よりによって花園すみれがからんでいたとなると、かなり話がちがってくる。あれは藤城奈澄ごときが自由にあやつれるような相手じゃないし……」

よくいえば明敏果断《めいびんかだん》、ほんとは独断専行《どくだんせんこう》の涼子らしくもなく、指先を唇にあてて考えこむ。その顔のまわりに白いものがちらついた。これは塩であるはずはない。私は思わず声をあげた。

「雪ですよ」

「ふうん、俗っぽいけど、ホワイト・クリスマスってわけね」

涼子は白い息を吐きながら私の腕につかまって、寄りそうような姿勢になった。

そのようすを由紀子が横目で見やったが、口に出しては何もいわなかった。

行きかうパリジャンが、羨望《せんぼう》と嫉妬《しっと》の視線を私に投げつける。もっともな反応だ。だがね、親愛なるパリジャン諸君、うらやむことはないよ。私のそばにいる女性は、それはそれは美しくてセンシブルだが、白磁《はくじ》のような肌の下はティラノザウルスそのものなんだから。

「……電話だ、何だろう、いまごろ」

不意《ふい》に涼子がコートの胸を押さえ、舌打ちして私からはなれた。「そこにいて」といいのこし、街灯のひとつめがけて歩いていく。コートの内ポケットから携帯電話をとりだすのが見えた。

由紀子と私はとりのこされた。何となく、気まずさ未満という雰囲気になる。と、何やら思いきったように由紀子が口を開いた。

「泉田警部補、ちょっとお話があります。お涼に聞かれるとまずいから、いまいうわ」

「は、何でしょう」

「じつは……」

「じつは？」

「じつは、わたし、フランス語にまるで自信がないの！」

私は黙って由紀子を見やった。えらく思いつめた表情なので、何ごとかと身がまえていたら、そんなことか。

「わたし、大学時代の第二外国語がドイツ語だったの。ほんとはフランス語をやりたかったのだけど、父が、フランス語なんて軟弱《なんじゃく》だっていうものだから……」

由紀子の父親は、何代か前の警視総監だ。妙なところで頑迷《がんめい》な人らしい。

「そんなことですか。私だってフランス語に自信なんてありませんよ。しかも私の場合、第二外国語にフランス語を選択して、このテイタラクですからね。いや、私なんかと比較されては、室町警視もご不満でしょうが……」

「そんなことはないけど、いずれにしても、わたしはパリの街をひとりで歩く自信がなくて、それで岸本警部補に同行してもらったのよ」

「岸本はフランス語ができるんでしたね」

「お涼ほどじゃないけど、とりあえず、標識や標示板や新聞の見出していどは読めるわ。岸本警部補がいてくれないと、わたし、搭乗再確認《リコンファーム》もできない。オタクだろうと何コンだろうと、いてくれないとこまるのよ」

なるほど、それでわかった。由紀子がラ・ヴィレット地区までみんなと同行した理由が。フランス語ができる人間のそばにいないと不安だったのだ。

由紀子はマジメな優等生だから、何かできないことや苦手《にがて》なことがあって他人を頼るような局面になると、不必要な敗北感をおぼえるのかもしれない。ましてや宿敵の涼子は、生粋《きっすい》のパリジェンヌさながらにフランス語をあやつっている。それを見せつけられるのは、さぞくやしいことだろう。

キャリアとしては、ノンキャリアに弱みを知られるのもイヤにちがいないが、なぜか私は例外らしい。どうころんでも競争相手になりようがないことだし。

「わかりました。何があっても明日中に岸本をさがし出しましょう」

由紀子がフランス語に通じないことを、涼子はうすうす感づいているにちがいない。もし確証を得た日には、大よろこびで、由紀子ひとりフランスに置き去りにする陰謀をめぐらせることだろう。由紀子も子供ではないから、いざとなれば日本大使館なりに駆けこめばいいはずだが、それはそれとして、岸本をさがし出すのは重要な課題だ。

「ありがとう、助かるわ」

由紀子は安心したようだが、じつのところ、あまり期待されてもこまる。私は涼子の目のとどかないところでしか動けないし、どうやって岸本をさがすか、まるであてがなかった。

まさか、すでに殺されている、というようなことはないだろうな。

粉雪が舞って、イルミネーションの光に白くかがやいた。パリは異邦人を眩惑《げんわく》させるにたりる夢の都だ。まったく、犯罪や事件でさえ、この街では詩情をおびてくるように思える。

粉雪の乱舞を追って、私は視線を四〇度ほど動かした。そして、ぎょっとしたように立ちどまった小柄な人物と視線を衝突させてしまった。

「……岸本!?」

「あわわ、い、泉田サン」

岸本はやたらと両手を泳がせた。彼の名を口にしたあとで、私はおどろきから立ちなおり、逃げ出そうとする岸本の襟首を間一髪でつかんだ。

「お前、正体不明の敵に拉致されたんじゃなかったのか!?」

「え、えーとですね、それがですね……」

岸本は私から目をそらしたが、そうなると今度は由紀子と視線がぶつかる。あわててまた目をそらすと、ふたたび私に直面する。立往生《たちおうじょう》とはこのことだ。

由紀子が歩み寄って問いつめた。

「どうやって逃げ出したの、岸本警部補？　説明しなさい！」

「え、えーとですね、それはですね……」

岸本の態度は明らかにおかしい。自力で敵の手から脱出してきたのならいくらでも自慢していいはずなのに、いかにもうしろぐらいことがありそうなのだ。

私の脳裏《のうり》にイナズマがひらめいた。

ラ・ヴィレット地区に行く前、私たちは昼食をとったのだ。「リナ」とパリっ子たちが呼ぶサンドイッチのチェーン店なのだが、安っぽい店ではなかった。店内の家具調度は落ち着いた上品な雰囲気で、各処に花が飾られている。パン自体、全粒粉《ぜんりゅうふん》を使っているそうで、注文に応じて具をはさんでくれる。ツナにスモークドサーモン、ハムにベーコン、チーズ、野菜に卵に七面鳥とお好みしだい。全品にサラダがつく。飲み物は別料金で、紅茶やココアはコーヒーより五割も高い。イギリスでは、ポット・オブ・ティーとカップ・オブ・コーヒーとがおなじ値段だそうだから、これはお国柄というものか。

料金を支払うときに、すこしもめた。由紀子は涼子におごってもらうことをイサギヨシとしなかったのだが、めんどうになった涼子がカードを振りかざし、後日に精算、ということで話をまとめたのだ。

店を出る前に、由紀子と私がそれぞれ録音《おトイレ》に行って、テーブルにもどってみると、涼子が岸本に対して、「わかったわね！」と頭ごなしに念を押し、岸本がなさけなさそうに上目《うわめ》づかいでうなずいていた……。

このとき涼子は岸本に何を指令したのか。どうせよからぬこととは思いつつ、質問しなかったのは、「じゃ、行きましょ」と涼子がいって、さっさと店を出てしまったからなのだが……。

III

私が黙りこんだので、岸本はかえって気味悪そうに私の表情をうかがっている。おもむろに私は口を開いた。

「なるほど、わかったぞ」

「な、何がですか」

「お前がお涼とグルだったってことがだよ！」

決めつけられて、岸本は動転《どうてん》した。由紀子が目をみはって、岸本と私とを見くらべる。

「あ、いや、そんなことはけっして、けっしてですね……」

「まだ白《シラ》をきる気か？　ま、キャリア警察官僚ってのは、いまの日本じゃ嘘つきの代名詞だからな。そうでなきゃ出世はおぼつかないってか」

つい積年《せきねん》のウラミが噴出して、そばにいる由紀子に対して失礼なことを口にしてしまった。だが由紀子はそこまで気がまわらないようすで、岸本の返答を待ちうけている。

「お前がいえなきゃ、おれがいってやる。お涼はアルゴの社内に踏みこむ口実がほしかったんだ。そこでお前に命じて、何者かに拉致された、という演技《しばい》をさせた。たぶん第二の連絡で、アルゴの社内に閉じこめられている、と書く予定だったんだろう。だけどその前に例の怪物が出現したから、お涼は予定を変更して、すぐアルゴに踏みこんだんだ」

だからこそ、あっさりと涼子はアルゴ・ヨーロッパ本社のビルから引きあげたのだ。岸本の生命に別状はないし、奇矯《ききょう》な霊能力者の老婦人の正体もつかんだ。とりあえずこれで充分というわけだ。怪物は逃がしてしまったが、それはそれで、準備をととのえて後日ふたたびアルゴに押しかける口実に使える……。

「あきれた……」

溜息をついたのは由紀子だ。私の推理を、彼女も受けいれたらしい。岸本は弁解するように口をもぐつかせたが、ついに観念したのか、わざとらしく両手をひろげた。

「認めますからあ、もうイジめないでくださいよお」

「人聞きの悪いことというな。誰がイジめた。おれは真実を追求しているだけだ」

襟首をつかんで振りまわすと、岸本は悲鳴をあげた。通行人が何人か視線を向けたが、立ちどまる者はいない。

「ボクのこと非難するけど、泉田サンだって似たようなものじゃないですか」

「何だとお」

「だ、だってだって、泉田サンだってお涼サマのいうことにさからえないじゃないですか。口ではいろいろいっても、結局お涼サマのいうことはいつでもきいてあげてるでしょ。泉田サンに、ボクを責める資格があるんですかあ」

　私は呼吸をととのえた。

「あのな、おれは職制《しょくせい》の上からいって、お涼の部下なんだよ。上司の命令をきかなかったらどうなる。そんなことになってこまるのは、お前らキャリアだろうが！」

「室町警視、助けてくださいよお」

　両手をあわせて、岸本は上司をおがんだ。何か答えようとして、由紀子の眼鏡がイルミネーションに光った。そっけなく口を開く。

「助けがほしいの？　だったら、そちらの方に助けてもらったら？」

　ふたりの男の二対《につい》の視線が、由紀子のそれを追った。粉雪のちらつくなか、イルミネーションの光をあびて、薬師寺涼子が立っている。両手を腰にあてていた。

「何とかいったら？　お涼！」

　由紀子が警察官というより予審判事のような声と表情で糾弾《きゅうだん》する。それに対して、涼子は雪の女王か北風の女王とでもいったマナザシを投げつけただけで答えない。歩み寄って声をかけたのは、私に対してだった。

「泉田クン、怒ってる?」

「かなり怒ってます」

「そうよね、当然だわ」

殊勝《しゅしょう》げにうなずくと、涼子は、岸本の襟首をつかんだままの私の手に、自分の白い手をかさねた。

「あたしのかわりに岸本をなぐって気がすむなら、いくらでもなぐって!」

ひえー、と、岸本が泣き声をあげた。私はよろめきかけて、何とか踏みとどまった。

「そういうわけにはいかんでしょ! 岸本よりあなたの責任のほうが重いんですから」

「チェッ、やっぱりだめか。しかたない、一発だけならなぐらせてあげるから、それであとくされなしにして」

「なぐりませんよ。あなたは上司です。私になぐれるわけがないでしょう。私が腹をたててるのは、あなたが私に相談してくれなかったってことです」

「だって、あらかじめ相談したら、泉田クン、あたしをとめたでしょ」

「そりゃとめますよ、当然でしょう」

いいながら、岸本の台詞を思い出して、私は良心の一部に、痛みならぬ痒《かゆ》みをおぼえた。涼子をとめたとしても、最後までとめたかどうかわからない。

由紀子が両手をにぎりしめて私たちを見つめている。「なぐっちゃえばいいのに」と、その表情が語っていた。由紀子の心情は察するにあまりあるが、もう何とでもいってくれ、私に涼子はなぐれない。見くびられてもしかたない。

「二度とこんなことしないでくださいよ」

そういって、私は岸本の襟首から手をはなした。

「そうね、反省するわ」

本気だとしても、いつまで保《も》つことやら。

私のフガイなさを見かねたのだろう、由紀子がひとつ呼吸して意見をのべようとしたとき、私たちに日本語の声がかかった。

「おー、ここにいましたですか、ムッシュ・キシモト、何をしてるんです？」

若いくせに口髭《くちひげ》をはやしたブルゾン姿のフランス人男性だった。身長は私よりすこし低くて、JACESヨーロッパ総局の北岡とおなじくらいだ。岸本はパリに知りあいがいるらしい。

「誰だ、この人は」

「えーとですね、今日のコスプレ大会で知りあったんです。意気投合《イキトーゴー》して、もう親友というか心の友ですね」

どうやらなぐられずにすむ、と見てとって、生色《せいしょく》をよみがえらせつつ、岸本が説明する。

この人物がシャンゼリゼに誘ってくれたのだが、人ごみの中で、はなればなれになっていたのだそうだ。

若いフランス人は陽気に、私たちに笑いかけた。

「コレハコレハ、はじめまして。ムッシュ・キシモトのお友だちを会えてうれしいですね」

アクセントはすこし変だし、助詞の使い方も不安定だが、きちんと意味の通じる日本語だった。

つい二〇秒前まで顔をひきつらせていたはずの岸本は、すでに過去と訣別《けつべつ》したように上機嫌になっている。

「この人はですね、バロン・ド・オタクって呼ばれてるんだそうですよ」

「バロン？　男爵か」

「そうです、オタク男爵。とても名誉な呼び名で、ワタシうれしい」

「はあ、名誉ですか」

「はい、名誉デストモ」

バロン・ド・オタクは一段と陽気に笑って、岸本の右肩に自分の右手をかけた。岸本も心から愉快そうに、同志の手に手をかけ、ふたりで口をそろえて宣言した。

「オタクに国境なし！」

涼子が肩をすくめ、由紀子が額に手をあてた。

どうやら変人にも国境はないらしい。まあ人種や民族の間に、偏見や差別がないのはいいことだ。それに、私が見ても、アメリカのアニメより、日本のアニメのほうが、作品世界のオリジナリティでもキャラクターの魅力でも、ずっと上だろうと思う。

しかし、オタク文化について国境をこえた談論《だんろん》をまじえている場合ではない。どこか暖かいところで、今日これまでのことを総括《そうかつ》し、これからのことを相談しなくてはならなかった。友好的なバロン・ド・オタクには気の毒だが、この人物はジャマである。

「どうします?」

涼子に問いかけると、わが女王陛下は、めずらしく憮然《ぶぜん》として答えた。

「ま、あんまり近よらないほうがよさそうね」

「同感ですが、問題は彼のほうから近よってくることですよ」

「岸本に相手させときましょ。あたしたちはどこかでゆっくり晩ゴハンを食べて、作戦を練《ね》りなおせばいいのよ」

妥当《だとう》な線だ、と、私は思った。涼子だって常識的なアイデアを出すときもあるのだ。

IV

雪はやみかけてはまた降り出し、街灯の光を受けて白々と舞いくるう。

　一般的に、ヨーロッパでは傘《かさ》よりコートや帽子で雨をふせぐことが多いといわれる。だが、往《ゆ》きかう人々の中には傘をさす人ももちろんいて、歩道のあちらこちらに大きなキノコがはえたような光景が見られた。

「で、どこへ行きます？」

「そうね、ここからだと……」

　岸本と肩を組んだままのバロン・ド・オタクをふくめて五人、とりあえず凱旋門の方向へ歩き出す。と、ステッキをついたダウンジャケットの男がひとり、かるく足をひきずりながら私たちに近づいて来た。

　近づいて、すれちがいざまだった。ステッキの尖端《せんたん》がはねあがる。銀色の針が突き出て涼子をおそった。だが涼子の動きは軽捷《けいしょう》をきわめた。身体を開いてステッキに空を突かせざま、手刀《しゅとう》の一閃でステッキをたたき落としたのだ。

　まだヨーロッパに共産主義独裁国家というおぞましいものが存在していた時代のこと。ブルガリアからの亡命者が、祖国の秘密警察の工作員によって暗殺されたことがある。工作員は傘の尖端に毒針をしこんで、亡命者の脚を刺したのだ。

　それを思えば、ステッキに何かしこむなど、べつに新奇《しんき》なアイデアでもない。

　ステッキをたたき落とされた男は、無言で跳《と》びのいた。足が不自由な人間の動きではない。私はすかさずステッキをすくいあげて涼子に差し出した。男から視線をはずさず、涼子はステッキを受けとった。

「いつだったか銀座《ぎんざ》でも、無頼漢《ブライカン》どもにおそわれたことがあったよね、泉田クン」

「ありましたね」

「人ゴミのなかで堂々と武器を使うような連中には、オノズと対処法があると思わない？」

「何をいいたいんです？」

「だから、あたしが人ゴミのなかですこしぐらい過剰防衛に走ったって、しかたないのよ。あたしにケンカを売るやつが全面的に悪いのよ。そうでしょ、風紀委員⁉」

「どうしてわたしに尋《き》くの？」

「あーら、あんたの名前を呼んだオボエはないわよ。返事したからには、自分が風紀委員だってこと認めるのね、お由紀」

由紀子は憤然としたが、涼子に向きなおろうとしてやめた。見るからに猛悪《もうあく》そうな男たちが、私たちの周囲に群らがりはじめたからだ。押しのけられた通行人たちが、不安と不審の表情を向ける。数秒のうちに、私たちは包囲されてしまった。

パリは多くの民族が住む国際都市だ。芸術、行政、経済などあらゆる分野に移民たちの進出がいちじるしい。犯罪者の髪や肌や目の色もさまざまである。見わたしたところ、先祖代々のフランス人はもちろんのこと、イタリア系にポーランド系、アルジェリア系にモロッコ系、レバノン系にベトナム系、それに西アフリカ系。みんな仲よく「暗黒社会《ノワール》」の住人ということらしい。

日本人だけが清廉潔白《せいれんけっぱく》ではありえない。一九八一年にはパリで女性を殺して食べてしまった日本人がいたし、三人の日本人がひとつの事件にからんでつぎつぎと殺されたり自殺したりしたこともある。これは明らかに、「暗黒社会《ノワール》」とのつながりがあったようだが、関係者全員が死んでしまったので真相は不明のままだ。

それでもどうやら、この晩、私たちを包囲した男たちのなかに、日本人はいないようだった。

「何ですか、何ごとですか、ワタシ事情がよくわからないですね」

無邪気なフレーズを、バロン・ド・オタクが繰《く》り返している。

銃声がとどろいた。発砲しようとした男に、涼子がステッキを投げつけたのだ。男は顔面と手首を同時に殴打《おうだ》された。銃口は下を向き、火箭《かせん》が舗道《ほどう》にはじけた。通行人たちがいっせいに叫び声をあげ、人波が揺れる。

それで包囲網がくずれた。暴漢《ぼうかん》たちは混乱に乗《じょう》じて、作戦を変更したようだ。人数分のアーミーナイフが街灯やイルミネーションを反射してきらめく。突進してきた男のひとりに向けて、涼子がスカーフをふるった。炭素繊維をしこんだスカーフは、ナイフの柄をとらえ、一撃で切断した。

男は声をのんだ。呆然と手元を見やる。当然のことだろう。いくら年季のはいった「暗黒《ノワ》社会《ール》」の住人であっても、スカーフでナイフの柄を切断されるなど、はじめての経験にちがいない。

自失《じしつ》からさめないうちに、男は、いったんのみこんだ声を吐き出して身体を折った。涼子のハイヒールの尖端が腹に埋まったのだ。

ふたりめの男が涼子に躍りかかる。寸前、私は横あいから男の手首をつかみ、自分の身体ごと反転させた。三人めの男のナイフが、ふたりめの男の右肩口に突き刺さる。苦痛と狼狽《ろうばい》の叫び。思いきり突きとばすと、ナイフを持ったままふたりの男はからみあって車道に倒れこんだ。走ってきたタクシーの前だ。

タイヤが悲鳴をあげ、路面との間に火花を散乱させる。かろうじてふたりを避けたタクシーは、はでな音をたてて街灯に衝突した。
四、五、六人めが突進してきたとき、「飛鳥のように」というもおろか、地球の重力を無視したかのような動きで、涼子はかろやかに、かつ優雅に宙を舞っていた。
「泉田クン！」

お呼びがかかり、私はあわてて、差し出された手をとった。涼子は左手で私の手をにぎったまま、世界一危険なスカーフを右手でかざした。

「あたしを振りまわして！」

さながらフィギュアスケートのペアの演技のようだ。私の身体を軸にして、涼子の優美な肢体が路上に円を描くと、それにともなって宙空にスカーフが円を描き、男たちの腕や手から血がはねた。

立ちつくしていた由紀子が叫んだ。

「やりすぎよ、お涼！」

「うるさいわね、風紀委員！」

円を描き終わって着地した涼子が叫びかえす。

「目には両目を！　それくらいのコンジョウがなくて、国際社会の荒海を泳ぎわたれるわけないでしょ！　日本人をなめるんじゃないわよ。欧米の常識やモラルが日本人に通用すると思ったら大マチガイなんだから！」

「やめてください。日本人全体が誤解されるじゃないですか」

「何いってるの。住宅街のどまんなかに核燃料処理工場を建てて平気な国は日本だけよ。常識の通じない日本人のオソロシサを、たっぷり思い知らせてやるから覚悟おし！」

すでに五人の男が血を流し、苦悶《くもん》のうめきをあげながら路面でもがいている。だがその倍ほどの人数が、スカーフのとどかない範囲でナイフをきらめかせていた。どうも広い場所は戦術的に不利だ。せまい空間に誘いこんで各個撃破《かっこげきは》するしかない。

「こっちよ！」

涼子を先頭にして私たちはシャンゼリゼの舗道を走り出した。長い距離ではない、すぐ近くの店に飛びこんだのである。私たちにつづき、たちまち暴漢たちが乱入した。

私たちが飛びこんだ店は、ブランド品の店だった。シャネルかエルメスか、ルイ・ヴィトンかニナ・リッチか、ヴェルサーチかクリスチャン・ディオールか、フェラガモかカルヴァン・クラインか、私にはまるで区別がつかない。ただ、はなばなしくあがった悲鳴の大半は日本語だった。日本人女性の団体客が来店しているようだ。

「お客さま、いったいこれは……」

黒縁の眼鏡をかけた小柄な中年の男が店の奥から駆け出してきた。日本人が多い店だから、日本人のスタッフがいるようだ。

「ここの店長さん？」

「さようで。ここはあのヴィクトール・ガデラのシャンゼリゼ店です」

「あの」といわれても、私には猫に小判である。日本人の店長は、無知な私に怒りとあわれみの視線を向けると、店頭に飾ってあった一冊の本を手にした。

店長がうやうやしくかかげた本の表紙には、日本語でつぎのように記されていた。

『まるごと全部いただくわ　猫柳《ねこやなぎ》ルビコ著』

どこかで見たような気のする本だ。

「自他ともにムダづかいの女王と認めるベストセラー作家、猫柳ルビコ先生の、爆笑エッセイですぞ。三〇万部を突破してます。この本に、当店のことが書かれておるんです」

「悪口が？」

「とんでもない！　当店の品ぞろえと店員の態度がよろしい、と、おほめいただいております。何でアナタ、悪口を書いた本を店頭に飾らなきゃならんのですか」

「そりゃそうだ、失礼。でもムダづかいの女王にほめられてうれしいですか。おたくの商品を買うのはムダづかいだ、といわれてるわけでしょう？」

店長は絶句した。けたたましいひびきとともに、ナイフを持った男が頭からショーウィンドーに飛びこむ。涼子に蹴りをいれられたのだ。ガラスが散乱し、バッグや財布《さいふ》やペンダントが宙に乱舞した。

店長が絶望のあまり頭髪をかきむしる。

「ああっ、そ、そのショーウィンドーの中だけで、商品の価格合計が一〇〇〇万円をこすのに。べ、弁償《べんしょう》してもらいますよ」

「大の男が、億以下の金額でガタガタさわぐんじゃないッ！」

涼子が一喝した。

ショックのあまり店長はのけぞり、後頭部から、床に散乱したガラスの上に倒れこみそうになった。私は右手で暴漢のひとりをなぐり倒しながら、しかたなく左手で店長の襟もとをつかんでささえてやった。店長は礼もいわずにあえいだ。

「ア、アナタね、そんなことは弁償してから……」

「うるさいわね、だったら買ってあげるわよ、この店ごと全部！」

「店ごと全部……」

「そうよ、これでモンクないでしょ」

「モ、モンクはありませんが、アナタ、店ごと全部なんて、非現実的なこと」

「商品だけじゃないわよ。内装もふくめて建物ごと買ってあげる。その本の題名じゃないけど、店ごと全部いただくわ。さっさと電卓《でんたく》でも用意おし！」

店長が両手両足でレジスターのほうへ這《は》っていくと、涼子がハレバレと笑った。

「さあ、泉田クン。これでこの店はまるごと全部あたしたちのものよ。遠慮は無用、徹底的にやってやろう！」

あたしたち？　また涼子は無分別に一人称複数形を使う。

だがたしかにこれで遠慮は無用だった。

V

私たちは徹底的にやった。

武器を持った数倍の敵に対して、人道的なフルマイなどしている余裕はない。根こそぎ戦闘力を奪っておかないと、背中にナイフを突き立てられてしまう。

だから私は、涼子の無慈悲きわまる戦闘法をマネした。したたか股間を蹴りつけ、襟首をつかんで頭からショーウィンドーにたたきこむのだ。ガラスの雨をあび、血まみれになった敵は、まず動かなくなる。「ああ無情」というしかない光景だが、いちいち気にしていられない。どうやら私は上司のやりくちに染まったらしく、今後、平和主義者と自称するのはひかえるべきだろう。

店の隅で恐怖にふるえていたはずの若い女性たちが、奇声をあげながらブランド品に飛びついた。バッグや靴や帽子を両手でかかえこむ。ガラスの破片で手を切った女性が叫び声をあげる。たがいに押しのけあい、突きとばしあって、もはや伝説となったバーゲンセールの戦場だ。

「いいんですか、放っておいて」

「いいの。貧乏人は放っておき！」

涼子の手には〝Ｇａｄｅｌｌａ〟マークのついた傘がある。すでに三本、乱闘のなかでへし折ってしまい、四本めだ。ブランド物の高価な傘も、涼子にかかると安物の剣と同様、一本でひとりの敵を倒す道具でしかない。

おろかにも正面から涼子におそいかかった暴漢が、口に傘の尖端を突っこまれた。顔の下半分を血に染めて転倒する。ハイヒールの踵《かかと》が股間を踏みにじる。絶叫につづく沈黙。あまりにもムゴイ光景だ。

「イヤ！　こっちに来ないで！」

由紀子の叫びだ。はっとして振り向くと、由紀子はブランド品のショルダーバッグを振りまわし、ナイフをかざした暴漢の横《よこ》っ面《つら》にしたたか一撃を加えたところだった。金具があたったらしく、暴漢は鼻血を噴き出して横転《おうてん》する。由紀子を手助けする必要はなさそうだった。

店長が悲痛な声を発した。

「ああ、一万五〇〇〇フランのバッグをあんなことに……」

「原価はいくらだ？」

「たしか八四〇フラン……あ、いや、アナタ、ブランド品は芸術品です。原価なんぞに意味はありませんよ」

「そうかなあ」

「そうですとも。ピカソやゴッホの絵は一枚何億円もしますが、原価はキャンバスや絵具の代金だけじゃないですか。ブランド品もおなじことですよ」

ピカソやゴッホの意見を聞いてみたいものだ。

すっかり忘れていた岸本の存在を、私はようやく思い出した。ナイフを振りかざす暴漢に追いまわされて、私の前にころがり出て来たのだ。

「助けてくださいよお、泉田サン」

「お前、その台詞、今日もう何回めだ？」

「回数は関係ないでしょ！　同僚を見すてるんですかあ」

「午前中にも助けてやったからなあ。何ごとにも回数制限はあるもんだ。たまには自力で助かってみろ」

　私は冷然として岸本に背を向けた。同時にひときわ深刻な悲鳴があがって、すぐ私は振り向くハメになった。うんざりした私の視界に映《うつ》ったのは、暴漢のひとりにつかまった岸本が、短い両脚をばたつかせる姿だ。暴漢は背後から左腕を岸本の首に巻きつけ、右手のアーミーナイフを岸本の鼻の下に押しあてていた。そして陽気に私に話しかけた。日本語で。

「同僚に見すてる、よくないありますね、刑事さん。あまりにつれない、申せましょう」

「……バロン・ド・オタクか」

　現実感をとりもどすのに二秒ほど必要だった。

「善良なオタクじゃなかったのか？」

　バロン・ド・オタクは「心の友」にナイフを押しあてたまま、声をたてずに笑った。

「もちろん善良なオタクですよ。でも現実、きびしいね。ニッポン遠く離れたヨーロッパでオタク道《ドー》つらぬく、とてもおカネかかるです」

「カネで魂を売ったのか。オタクの風上にも置けないな」

　効果があるとは思えないが、とりあえずイヤミをいってみた。両脚をばたつかせながら、岸本が苦しげに慨歎《がいたん》する。

「ううっ、ボクは悲しいです。心から信じてたのに、やっぱりオタクにも国境はあるんですかねえ」

「おー、そういわれると、ワタシもココロ痛むです。でもこれ、国や民族のチガイでなくて、立場のチガイね。愛や友情だけでは生活できない。三次元の世界は、二次元にくらべて、とってもダーティーです」

「ダーティーなのはお前だろうが。こんな女性の多い店で、ナイフなんぞ振りまわすな。フランスの男は女性を尊重するのが伝統なんだろ」

「おー、ワタシ、三次元の女性を興味ありませんのです」

笑顔は素朴なほどだが、口にしていることはかなりあぶない。いや、単にそれだけなら嗜《し》好《こう》の問題で、かってにしていればいいのだが、こいつは現実の女性を平然として殺したり人質にしたりするのではないか。

「泉田クン、そっちはもうかたづいた?」

涼子の声が左後方から聞こえた。痛めつける相手がいなくなって残念そうな声だ。私はバロン・ド・オタクに向かって肩をすくめてみせた。

「オタクの共食《ともぐ》いに興味はない。かってにやってろ。おれは女王さまのお傅《も》りだけで手いっぱいだ」

私はバロン・ド・オタクに背を向けた。いや、背を向けながら、靴先に、床に落ちていたショルダーバッグの肩紐《かたひも》を引っかけた。

同時にバロン・ド・オタクのナイフが閃光となっておそいかかってきた。簡単にかわせるとは思っていない。私は上半身を開きながら、右脚を大きく払った。体勢はくずれたが、遠心力のついたショルダーバッグはバロン・ド・オタクの後頭部にたたきつけられた。思いもかけぬ方向からの攻撃を受けてバロン・ド・オタクがよろめく。私は左足を支点にして体勢をととのえ、相手につめよった。手刀でナイフをたたき落とす。

「べつにオタクを差別する気はないけどなあ、オタクに殺された刑事ってことになったら、やっぱりあの世でご先祖さまに申し開きしにくいんだよ！」

思いきり、全体重と誠意をこめて一発くらわせた。

バロン・ド・オタクは吹っ飛んだ。まだ無傷で残っていたショーウィンドーのひとつにたたきつけられ、はなばなしい音とともにガラス片の噴水をふきあげる。

私は両腕をあげて、ガラス片から顔を守った。バロン・ド・オタクの横《よこ》っ面《つら》にたたきこんだ右の拳に、奇妙な感触が残っている。人間の顔というより、ゴムでもたたいたような違和《いわ》感《かん》があった。両腕をおろしたとき、バロン・ド・オタクはすでに立ちあがって、にやにや笑っていた。彼の神経と舌はまったくダメージを受けなかったようだ。

「どうやら、アナタ、わたしのライバルでふさわしい人のようです。以後わたしのライバルと名乗ること、許可するですね」

「そんな許可いらんわ」

どうせならもうすこしまっとうな犯罪者を相手にしたいものだ。「まっとう」という表現には、すこし問題があるが。

「近いうち、ふたたびアナタと再会するの、期待します。そのとき、結着つけましょう。ふたりは永遠に並び立つない宿命なのだ、と断定するですね」

「かってに断定するな」

とは私はいわなかった。バロン・ド・オタクと両立する気なんぞなかったからだ。バロン・ド・オタクは私に向かって口から何か吐き出した。折れた前歯だ、とわかったとき、バロン・ド・オタクは血まみれの口で、今度は声をたてて笑った。

身をひるがえし、店の奥へと走り去る。私は追おうとしたが、倒れていた暴漢のひとりが手を伸ばして私の足首をつかんだ。もう一方の手にナイフがきらめく。

暴漢の頭に、クリスタルガラスの灰皿がたたきつけられた。暴漢は白眼をむいて気絶する。

「あいつ、最初から気にいらなかったわ」

両手の埃《ほこり》を払いながらいったのは涼子である。そのとき私たちの視界から、バロン・ド・オタクは完全に姿を消していた。

パトカーのサイレンが急接近してくる。

第六章　セ・ラ・ゲール

I

光が夜の闇を画然《かくぜん》と切りとり、そのなかで粉雪が舞いくるう。古い映画が好きな人は、「シェルブールの雨傘」のラストシーンを思い出してくだされぱけっこう。ただし、清らかに白いはずの路上には、負傷者の身体と、破損《はそん》したブランド品のかずかずと、割れたガラスとが散乱している。

パトカーはさらに三台ほど到着し、制服と私服をあわせて二〇名前後の警官が動きまわっていた。その中心にいるのは、あまりなつかしくもないが、今日の午前中に知りあいになったクレモン警部だ。なるべく私は近よらないようにして、フランスの同業者たちの仕事ぶりを見守った。どうせクレモン警部に尋問されるときには、涼子の通訳が必要になるのだから、彼女に呼びつけられるまでは知らんふりしているとしよう。

「泉田警部補、血が出てるわ」

室町由紀子の声で、はじめて気がついた。左手の甲から血が流れている。バロン・ド・オタクのナイフがかすったのだ。斬られたというより薄く削《そ》がれた傷だった。

由紀子がコートのポケットからハンカチをとり出す。ジャケンにそれを押しのけて、涼子が私の前に立った。

「ドジね、あんなオタクに負傷させられるなんて」

「すみません」

「こんなの、なめてりゃ治《なお》るわよ」

私の左手をとると、涼子は、顔を近づけて、手の甲に唇をあてた。

傷口を、あたたかくやわらかな感触がおおった。

私の眼前に、茶色っぽい髪につつまれた涼子の頭部があって、夜気の動きがかすかに髪を揺らしている。私がどんな表情をすべきかわからないでいるうち、涼子は顔をあげた。

「ほら、もう痛くないでしょ」

「ええ、全然」

たぶん、あっけにとられて痛覚神経がマヒしたのだと思うが、痛みを感じなくなったことはたしかだった。私の返答にうなずくと、涼子は手を伸ばした。私と同様あっけにとられている由紀子の手からハンカチをひったくると、私の傷ついた手をそれで縛《しば》る。アメリカ軍の衛生兵みたいに手ぎわがよかったが、結び目のほうは何となく、小学校の保健委員みたいに子供っぽく思えた。

「どうもありがとうございます、室町警視も」

ハンカチを提供してくれたのは室町由紀子だから、彼女に対してもお礼を述べるのがスジだろう。

「あ、いえ、痛くなくなってよかった」

由紀子の反応は、何やら新任の保健室の先生みたいであった。

「洗ってからお返ししますので」

「気にしないで、替えはあるから」

「このヤボテン！」

涼子がきびしい口調で私の耳もとにささやいた。

「あたらしいのをブランドショップで買ってやりなさいよ」

「あ、そうですね」

「そうよ、お由紀にはハンカチ一枚買ってやればそれですむんだから。いっとくけど、あたしの恩はハンカチ一枚じゃすまないからね」

ヴィクトール・ガデラの日本人店長が髪を乱したままやって来て、不安いっぱいの顔つきで涼子に質《ただ》した。

「お、お約束どおり、店ごと全部、買ってくださるんでしょうね」

「買ってあげるわよ、もちろん」

オウヨウに、美貌の大富豪はうなずいた。

「ただし、保険金がきちんと支払われてから、そのあとで差額を支払ってあげる。それが資本主義社会のスジってものでしょ。ごまかさずにきちんと計算するのよ」

「そ、それじゃ話が……」

「おだまり！　代金と保険金とを二重どりしようたって、そうはいかないわよ。一フランの単位まで正確に計算しなさい。納得いったら払ってあげるから、ＪＡＣＥＳのヨーロッパ総局あてに請求書を送って」

たしかに店側が代金と保険金とを二重どりするのは許されないことだ。涼子のいうことはスジが通っている。ただし涼子の目的は、資本主義社会におけるスジを通すことにあるのではない。さんざん暴虐のかぎりをつくし、破壊欲を満足させたあげく、自分の出費をおさえようとしているだけのことである。

店長は全ヨーロッパの不幸と災厄《さいやく》とを一身にせおったような表情になった。肩を落とし、ちらつく雪のなか、とぼとぼと、破壊された店へ向かって歩き出す。

「ちょっと気の毒ですね」

「いいのよ。いままで実《じつ》のないブランド品を高く売りつけて暴利《ボーリ》をむさぼってきたんだから。今後せいぜい良心的な商売にはげめばいいんだわ。オーッホホホホ！」

店長の後ろ姿がよろめいた。涼子の高笑いに押されたのか、雪にすべったのか、たぶん両方だろう。

さて、私たちの現在の情況だが。

パリ司法警察の刑事たちはどうやら激怒しているらしい。もっともなことだ。東京にやって来たフランス人たちが犯罪がらみでかってな行動をとり、彼らへの尋問もままならない、ということになれば、私だって腹が立つ。

涼子がいなければ、私たちはその場で拘禁《こうきん》され、徹夜で尋問を受けるハメになったにちがいない。涼子はまずメアリ女王のような美貌で刑事たちを圧倒し、エリザベス一世女王さながらの交渉術で彼らを翻弄《ほんろう》した。刑事たちはともかく、制服警官たちは涼子の美しさに見とれ、ついで音楽的なまでのフランス語にうっとりと聞きほれていたから、勝敗の帰趨《きすう》は明らかだった。それでもクレモン警部はどうにか前線に踏みとどまり、事件に関係する日本人一同が司法警察の目のとどくところにいてこれ以後の捜査に協力するよう、強く主張した。

「まったくもう、メンドウくさいわね」

涼子はうんざりしたように頭を振った。

「こうなったら、しようがない。お由紀、岸本、あんたたちもうちのアパルトマンに泊まりなさいよ」

「どうして？」

「決まってるでしょ。関係者一同ひとところに集まってるほうが、司法警察だってつごうがいいじゃない」

「でも部屋があるの？」

「客用寝室なんて、いくらでもあるわよ」

「その点はホントです」

私はまじめくさって証言した。由紀子は考える表情になった。すかさず涼子がつけ加える。

「ま、地下室も屋根裏部屋もあるしさ。何なら司法警察の連中だって泊まりこんでもいい。すくなくとも、司法警察の留置場よりましよ」

「留置場にいれられるようなこと、わたしはしてません！　あなたじゃあるまいし」

「あらそう、ま、あんたは風紀委員だもんね。でも、あたしに向かって主張したってはじまらないわよ。司法警察の連中にそういってやったら？」

由紀子は目に見えて返答に窮《きゅう》した。彼女が司法警察の刑事たちと、直接、会話するのは不可能だ。といって、涼子に通訳してもらうなど、由紀子のプライドが許さない。となると、涼子の提案を受けるしかないわけだ。

涼子が私にささやきかけた。

「関係者全員ひとところに集まったら、敵も攻撃しやすいと思うでしょ。そう思わせて、準備バンタンととのえた上で迎え撃ってもいいわけだしね」

「すると全員を囮《おとり》にするつもりなんですか!?」

「そこまで決めてはいないわよ。結果としてそうなるかもしれないし、他の策《て》で来るかもしれない。まあ、たいして戦力にならなくても、なるべく多数の人間を巻きこむのが、あたしのポリシーだから」

「ひとつまちがうと、せっかく購入したアパルトマンが破壊炎上してしまうかもしれませんよ」

「いいのよ。保険にはいってるから。建てなおすのに、とりこわしの費用もかからないし」

うーむ、この女《ひと》は保険会社の天敵だな。

私が舌を巻いている間に、涼子はさっさとクレモン警部の前に歩み寄り、交渉を開始した。

善良なるクレモン警部に神の祝福あれ。彼が白旗をかかげるまで五分しかかからなかった。

II

パリでの第三日が明けた。

というのは正確ではない。時計を見ると八時近いが、この季節、パリではまだ夜が明けていないのだ。

起きあがって、左手を見た。昨夜、シャンゼリゼ通りに駆けつけた救急車のスタッフにあらためて治療を受け、薬用ゼリーつきの包帯を巻かれている。動かしてみても、まったく痛みはない。ほんの数日で包帯も必要なくなるだろう。

バスルームを出ると、タイミングよく扉がノックされた。監視されていたのじゃないか、と思うくらいだ。

この日は栗色の髪のメイドがあらわれ、型どおりあいさつする。

メイドたちは私に対して、通じない言葉で話しかけるというムダをはぶくことにしたらしい。当然のような表情で私の手を引っぱった。おとなしく私は引っぱられていった。

途中で室町由紀子や岸本明に出会うかと思ったが、そんなこともなく、私は鉄格子のついた古風なエレベーターに乗せられた。昨日は屋上のガラスルームにつれていかれたのだが、この日はエレベーターは降下していって、私がおろされたのは地下だった。

明るい照明のホールを左へおれると、つきあたりに化粧ガラスの扉がある。栗色の髪のメイドは、扉を指《さ》して私に笑いかけた。

「メルシー」と応じて、私は扉をあけた。

天井高は六メートルほどもあるだろう。足もとの床は大理石だ。私の眼前にひろがったのは豪華というしかないオールシーズンプールで、長さは一五メートル、幅はその半分というところだろう。室内は当然かなりの高温に保《たも》たれていて、スーツを着ていると汗がにじんでくる。

涼しげな水音がして、私は、プールを泳ぐ人影を認めた。誰が、って、涼子に決まっている。

涼子はみごとな背泳ぎを披露《ひろう》していた。水泳用の帽子はかぶらず、みじかめの髪をむき出しにしている。長い手足の、のびやかでリズミカルな動きを見ていると、彼女にはどんなことでもできそうに思えた。そんなことはありえない、と頭ではわかっているが、いますぐオリンピックにだって出場できるのではないか、という気がしてくる。

涼子は水面から私に視線を向けた。背泳ぎが中断された。姿勢をかえて抜き手になると、すぐプールの縁に着く。

「何してるの、引っぱりあげてよ」

両腕を伸ばした女王さまのご命令に、私はそそくさとしたがった。

涼子が着ていたのは、そっけないほどシンプルなデザインの競泳用水着だった。プロポーションに自信がある女性ほど、かえってそういうものを着たがる、という話を聞いたことがある。実際、シンプルなデザインが涼子のボディラインをじつにみごとに浮きあがらせていた。

涼子の肢体《したい》はすらりとして優美だが、痩《や》せ細っているわけではない。出るべきところがじつに形よく出ている、というだけではなく、彼女の目とおなじように、精彩《せいさい》と活力《かつりょく》にみちているのだ。人間の美しさとは、つきつめていうと生命のかがやきだということが、涼子を見ているとわかるような気がする。もちろん口には出さなかった。これ以上、彼女をつけあがらせる必要があるとは思えない。

「タオル」

「はいはい」

私は大きなタオルをとって、涼子の完璧な形の肩にかけた。そのタオルはデッキチェアの上に放り出されており、傍《そば》にはテーブルがあって、昨日によく似たメニューの朝食の用意がととのっていた。

「朝食前に運動ですか」

「もう朝食はすませたわよ。食後に運動することに意味があるの」

「じゃ、このテーブルは？」

「君の分よ」

「室町警視たちは？」

「あいつらはメイドたちといっしょにダイニングルーム。ここは君だけ」

私はハリウッド製アクション映画の主人公ではない。定年までに警視になれれば上々というノンキャリアの警部補でしかない。それなのに絶世の美女の水着姿を観賞しながらプールサイドで朝食をとることになったのだ。日本にいるキャリアたちに知られたら、南鳥島に飛ばされるのは必定《ひつじょう》である。

「あたしはコーヒーだけつきあうわ」

私はデッキチェアをひいて女王さまにおすわりいただき、自分もすわって銀色のポットをとりあげた。

涼子は無造作《むぞうさ》に脚を組み、テーブルの隅《すみ》に置かれていたノート型PC《パソコン》を操作しはじめた。プリンターをつけてあるらしく、すでにプリントアウトされたらしい文書もかさねられている。フランス語、英語、日本語がいりまじっているようだ。

私は食べはじめたが、もちろん、味がよくわかるという心境ではなかった。こういう状況で自然にふるまうというのは、あまり容易なことではない。ようやく自分もコーヒーを飲むというところまでこぎつけて、私はあることを思い出した。

「ちょっとお尋《たず》ねしていいですか」

「何よ」

「昨夜《ナイショ》、シャンゼリゼ通りであなたの携帯電話にかかってきた用件は何だったんですか」

「秘密」

「それは失礼しました」

「いずれ話すときが来たら話すわ。それより、もう食べないの？」

「充分いただきました」

「よろしい。ブドウ糖が脳細胞にまわったところで、花園すみれに関する記録を見てちょうだい」

ノート型PCの画面をのぞきこみながら、私は尋ねた。

「あのドクター・スミレ・ハナゾノでしたか、あのバアさんはそんなにすごい科学者なんですか」

「すごいという意味にもよるけどね」

「あまり科学者らしく見えませんね」

「和服を着てるから？」

「まあそれもありますが」

印象というやつは、ときとして偏見に通じるからこまる。科学者に制服があるわけではなし、和服を着ていようがイブニングドレスを着ていようがかまわないはずだ。あるいは、和服は正体を隠すためのカムフラージュだったのかもしれない。

「初歩的な質問で申しわけないのですが、花園すみれが獲得したのは工学博士号なんですね」

「そうよ」

「医学博士でも薬学博士でもないのに、生体実験なんかする必要があったんですか」

私の眼前で飛沫《しぶき》がはねて、水晶みたいにきらめいた。涼子が脚を動かし、爪先《つまさき》でプールの水をはねあげたのだ。彼女の身体の他の部分とおなじく、完璧な形の爪先だった。

「あの金星人が昨日、口走ったこと、おぼえてるでしょ」

「アルゴ・ヨーロッパ本社の入江支配人ですね」

「いいのよ、金星人で」

「はいはい、たしか錬金術《れんきんじゅつ》がどうとか……」

現代の日本で錬金術といえば、比喩《ひゆ》的にしか使われない。モラルや羞恥心《しゅうちしん》と無縁の政治屋や宗教家が、不正な手段でカネもうけをするときに。

涼子がテーブルに肘《ひじ》をつき、手の甲にあごをのせた。

「錬金術というと妖《あや》しげだけど、近代の化学や薬学の源流になったことはたしかなの。そうバカにできないのよ」

「そんなものですか」

「そうね、ちょっといいかえてみようか。錬金術じゃなくて、元素変換テクノロジー。そうするとゴシック・ロマンがSFになるでしょ」

「はあ、そういわれれば」

「それじゃこれ見て」

PCの画面に映し出されたのは一枚の古めかしい図版だった。どうやら銅版画らしい。その銅版画を目にした瞬間、私はかるく息を吸いこまずにいられなかった。私を見やって、涼子が満足そうな表情をつくる。

「どう、おなじみになった顔でしょ?」

「……あの怪物ですね」

リスともサルともつかぬ異形《いぎょう》の生物が、紙の中から私をにらんでいた。紙面の隅に文字が記されている。ラテン語のようで、私にはすぐに読めなかった。

「錬金術が発展する過程で産《う》み出された異形の怪物よ。ゲーベルという名の男が、『ゾシモスの秘法』にもとづいて、ペストによる死者の脂《あぶら》と、毒蛇の卵と、胎児の血と、コウモリの脳からつくったんだって」

「何者ですか」

「正体不明。十三世紀の末、つまり十字軍の時代に、『偉大なる術の集大成』という本を著《あらわ》しているんだけど。十字軍の騎士だったかもしれない。錬金術をふくめて、中世ヨーロッパの学問や技術は、ほとんどイスラム世界からの輸入品だから」

イスラム世界で最大の錬金術師は、八世紀のジャービル・イブン・ハイヤーンという人物だ、と、涼子は説明してくれた。錬金術が十三世紀にヨーロッパに渡来して以後は、トマス・アクイナスだのロジャー・ベーコンだのパラケルススだのといった歴史上の有名人がつぎつぎと出現する。ニュートンでさえ錬金術にかぶれていたのだ。まじめな研究者もいるいっぽう、いかがわしい詐欺《さぎ》師がその一〇〇倍もいた。カエタン伯爵と名乗っていた男はプロイセン国王フリードリヒ一世の寵遇《ちょうぐう》を受けたあげく、銅を黄金に変えることに失敗し、絞首《こうしゅ》台《だい》につるされてしまった、という。

「ゲーベルがつくり出したとされる怪物が、現代に出現した。とすると、花園すみれは、『ゾシモスの秘法』を解明したということになるのよ」

「ふうむ……」

私は考えこんだが、積極的に異論をとなえる根拠はないように思えた。

「花園すみれみたいな人物が、よくフランスに入国できましたね」

「だって、あくまでもネオナチかぶれであって、ナチスの残党としてリストアップされてるわけじゃないもの」

「なるほど。それにしても、そういう経歴の人物と、アルゴおよび藤城《ふじしろ》家とが、どうやって結びついたんでしょうか。たしか三代前からのつきあいとか、平河《ひらかわ》代議士がいってましたが」

「そのとおりよ。そこの資料を読んでごらんなさい」

涼子の指示はおおざっぱだったが、「アルゴと藤城家」と題されたワープロの文書はすぐに見つかった。

アルゴなどという横文字の社名になったのは第二次世界大戦直後、一九四五年一〇月のこと。それまでは藤城工業という社名で、日本帝国陸海軍との結びつきが強く、レーダーやソナーや無線通信機などの研究開発をすすめていたらしい。そして創業以来の重役で、技術開発部門の最高幹部として、杉山徹彦《すぎやまてつひこ》という名前がある。はじめて目にする名前だが、杉山徹彦は一九三〇年代の終わり、ナチスの最盛期にドイツのベルリン工科大学に留学している。妻子をつれて。おさない娘の名が「すみれ」というのだ。

「ははあ、こう結びつきましたか」

「杉山徹彦は狂信的なナチスのシンパで、戦後は一時、姿をくらましてたの。一九五〇年にアルゴに再入社して、以後はずっとアルゴの技術部門をとりしきってたというわけ」

III

花園すみれとアルゴとの関係は、いちおうわかった。ただ、花園すみれと藤城奈澄個人との関係はどうなのだろう。その点が今度は私には気にかかった。

「藤城奈澄には兄がふたりと弟がひとりいるの。財界は政界や官界以上の男尊女卑《だんそんじょひ》社会だから、奈澄が藤城家の当主やアルゴのオーナー会長なんかになることはありえない」

「花園すみれと組んで、錬金術の秘密を独占でもしないかぎりは、ですね」

「そういうこと」

もともと奈澄がヨーロッパ総支配人の名目《めいもく》でパリへ送り出されたのは、日本から引きはなされた、ということである。ビジネスの実務は、支配人の入江がとりしきる。奈澄はヨーロッパの社交界で恋愛ごっことファッションにウツツをぬかしていればいい。それが奈澄の兄弟たちの意思であった、というわけだ。

野心と自信にあふれた奈澄は、どれほどゼイタクであっても、しょせん飼いごろしの身に甘んじるつもりはなかった。どちらが先に手を伸ばしたかはわからないが、おなじように不遇をかこっていた花園すみれと手を組んで、錬金術の秘密を武器に、奪権闘争《だつけん》に乗り出したのだ。

「ふう……」と、私は溜息をついた。私が時差ボケだの何だのといっている間に、涼子は独自の情報網を駆使《くし》して、一挙に事件の核心にせまったのだ。それにしてもネオナチとはね。そんなもの、それこそハリウッド映画の中にしか存在しないと思っていた。

「もしかして、一昨日《おととい》の夜、空港で殺されたルイ・パンドローはユダヤ人だったんでしょうか」

　パンドローがユダヤ人であったとしたら、ナチスの犠牲者として、ネオナチの動向《どうこう》に敏感なのは当然のことだ。

「母親がユダヤ人だったらしいわ」

「すると、パンドローが具体的に何を見たか、ということはあまり意味がありませんね」

「そう、何かでいいのよ、こうなったらね」

　涼子は頭のうしろで両手の指を組む姿勢をとった。

「あとはパンドローを殺害したことを、あいつらに認めさせればいいの」

「認めますかね」

「認めさせてやるわよ」

「ところで平河代議士は、この件にどのていどタッチしているんでしょうか」

「さあね、いまのところは、ごく普通の関係だと思うけど」

　ごく普通の関係。つまりアルゴは平河代議士の政治力を利用し、平河代議士は活動資金や選挙運動の面でアルゴの協力を受ける、というわけだ。

「両者の関係がはじまったのは、例の泡井代議士が自殺した件からでしょうか」

「ありえるわね」

「もしかして平河代議士は、泡井代議士がそれまで占《し》めていた地位を乗っとったのかもしれませんね。とすると、アルゴの弱みを平河がつかんでいるという可能性もあります」

涼子は答えず、唇にかるく指を触《ふ》れながら考えこんだ。一瞬、私は自分の左手に視線をやった。昨夜、涼子の唇がそこに触れたのだ。不思議な、あたたかい感触がよみがえるようだった。

化粧ガラスの扉が開いて、黒い髪のメイドが姿をあらわした。銀色の小さな長方形の盆《トレイ》を持っている。盆にのっているのは一枚の名刺《めいし》だった。

メイドとの間に短い会話をかわして、涼子は名刺を手にした。皮肉っぽい光が双瞳《そうどう》にきらめいている。

「お客さまですか」

「朝っぱらから不粋《ブスイ》なお客と思ったら、それも道理だわ」

「日本人のようですね」

「平河代議士よ」

「……お会いになるんですか」

「ま、会うだけは会ってみましょう」

涼子は名刺を邪慳《じゃけん》にプールサイドに放り出すと、いきおいよく立ちあがった。

「お由紀に知らせてきて。あたしはシャワーをあびて着替えるから、そのあいだ平河の相手をしてもらわないとね」

「ちょっと気の毒な役目ですね」

「それぐらい何よ。タダで泊めてやったんだから、二、三〇分はガマンしなきゃ」

涼子はさっさと歩き出した。気づいたように肩のタオルを放り出す。タオルは羽衣《はごろも》のように宙に舞い、プールの水面に落ちる寸前、私の手に受けとめられた。

IV

応接室だか談話室だか知らないが、七メートル四方ほどの部屋は、むしろイギリス風の調度で統一されていた。落ち着いた色調のグリーンのビロウドをはったソファーには、室町由紀子と岸本がかしこまってすわっている。その対面に、おなじ色調の安楽椅子が置かれていて、平河代議士が長くもない脚を組んでいた。

涼子の姿を見ると、平河代議士はすこし表情を動かした。涼子は男物のイタリアンシャツを着こみ、スラックスをはいている。無造作《むぞうさ》な着こなしだが、中年男の執拗《しつよう》な視線の前に、ご自慢の胸がさらされているのも同然だった。涼子は形だけアイサツすると、由紀子と平河を等分にながめることのできる位置にある安楽椅子に腰かけた。私は彼女の背後に立つ。

前置きらしい台詞《せりふ》も口にせず、平河代議士は用件を切り出した。

「突然だが、オレとしては、見ておられんのさ。前途有望な後輩諸君が、妙なことにかかわって、経歴に傷がついては気の毒だからな。だからわざわざやって来た」

平河は声をたてて笑ったが、何がおかしいのか、私にはわからなかった。岸本がお愛想笑《アイソ》いを返しただけで、由紀子は、微笑のかけらすら浮かべなかった。涼子にしても同様だろう。

「室町クンも薬師寺クンも、お父上がたのあとをついでキャリア警察官僚になった。いや、見あげた孝行娘だ。ヤマトナデシコの鑑《かがみ》だ。それなのに、お父上がたの名声に傷がつくようなことになっては、もったいないじゃないかね」

「どうして傷がつくんですか」

と、涼子の声は冷たい。由紀子が涼子を見やる。失礼をとがめるような視線でもあり、涼子がそのような態度をとる理由をさぐるようでもあった。

「ちょっと表現がまずかったかな。そう、お父上がたに無用な心配をかけちゃいかん、ということだ」

「父がどうして心配するのでしょうか」

今度は由紀子が反問する。冷徹《れいてつ》な秀才官僚という一面を、意図《いと》的に押し出しているようだ。平河はタバコをとり出してくわえ、火をつけないまま、涼子と由紀子をかわるがわる見すえた。

「ほう、意外だな。ご両人、共闘《きょうとう》というわけかね」

「誰が！」

「ちがいます！」

涼子と由紀子が同時に叫ぶ。平河代議士は口もとをゆがめた。それにつれて、火のつかないままのタバコが動く。

「そうかね、ま、それはどうでもいい。本題にもどそう。君たち、アルゴ・ヨーロッパ本社を捜査とか内偵《ないてい》とかするため、わざわざパリにやって来たんじゃあるまい。室町クンは宗教テロ対策会議がもうすんでるし、薬師寺クンはこれからパリ大学での講義が待っとる。そうだな？」

「……………」

「そうだな？」

平河に視線をすえられて、由紀子が、かたい表情で答えた。

「はい、そうです」

「だったら室町クンはルーブル美術館でも見学して、さっさと日本へ帰ればいい。薬師寺クンはフランス人の学生相手に恥をかかないよう、準備でいそがしいはずだ。なぜそうしない？」

平河の声はわずかずつ変質していた。じわじわと緊《し》めつけてくるような感じに。

「君たちは公費でもって出張しておるんだ。公務以外のことにウツツをぬかしとる暇なんかないだろう。それぞれ、与えられた任務をはたすがいい。オレのいっている意味がわかるだろう。誰も喜ばないようなことをするもんじゃない」

涼子が低くつぶやきすてた。

「あんたはどうなのさ」

「何？　何かいったか」

平河がわざとらしく声を高め、涼子のほうに身を乗り出した。

「平河代議士《せんせい》はどのようなご用でパリにいらしたのでしょうか」

由紀子の「通訳」を聞くと、平河は安楽椅子に深くすわりなおした。タバコを口からはずして指にはさむ。

「答える義務はないんだが、美しいお嬢さんがたのご質問だから、お答えするとしよう。高度な政治的問題というやつだ。忘れちゃいかんよ、オレは国民の皆さまがたから、国家の大事をあずかってる身なんだからな」

涼子の背後に立って、私は、不快さを顔に出さないよう努《つと》めた。この尊大《そんだい》で内容《なかみ》のない男に問いかけたいという衝動がうごめく。この男は、数年前、泡井代議士の自殺の現場で何をやってのけたのか。

平河代議士の白っぽく光る目が、いつのまにか私に向けられていた。

「君はノンキャリアだな」

悪気があるかどうかはべつとして、こういう台詞《せりふ》が出てくること自体、警察社会の階級性をしめしている。

「はい」

「階級は？」

「警部補です」

「ほう、ノンキャリアなのに、その若さで。なかなか優秀なんだな」

私はだまってかるく頭をさげた。

「ノンキャリアを、我々はたいせつにしなきゃならん。国民のために日夜《にちや》、現場で苦労してくれているんだからな。ノンキャリアの助力があってこそ、我々キャリアは大局《たいきょく》で物事を判断できるというわけだ。そうだろう、君たち」

私はもともと平河代議士が気にくわなかったのだが、さらに嫌いになることに決めた。何だっていまこんなところで、もと警察官僚の政治屋が後輩に向かって偽善的なお説教をする、そのダシに使われなくてはならんのだ。おなじ内容のことを、室町由紀子が口にしたら、本心からのことだろうが、平河代議士の場合は、とてもそうは思えなかった。

平河代議士はタバコをポケットにもどした。火をつけないままだ。医者にとめられているのかもしれない。

「で、どうなんだ。オレの忠告を諾《き》く気があるのかい。君、室町クン、どうだ」

「ここはフランスです」

由紀子の静かな声に、平河代議士は、虚《きょ》をつかれたような表情をした。

「そのとおり、ここはフランスだ。ドイツやイタリアの領土になったという話は聞かんが、お嬢さんはいったい何をいいたいのかね」

「ここでは、わたしたちには何の権限もありません。お涼、いえ、薬師寺涼子警視の行動はいちじるしく越権《えっけん》しております」

「そのとおりだ、どうやら君はわかっているようだな。けっこうなことだ」

平河はおおげさにうなずいてみせた。涼子は無言。その表情は私からは見えない。由紀子が語をついだ。

「同時に、平河先生が、わたしたちの行動に口出しなさるのもおかしいと思います」

「……何？」

平河がまばたきした。由紀子の色白の顔はやや紅潮している。

「ほうっておけばよろしいものを、なぜ平河先生はわざわざおいでになったのでしょう。アルゴと薬師寺警視との間に何があったにせよ、平河先生に関係ないことではないでしょうか」

由紀子が口を閉ざすと、すかさず涼子が言葉の毒矢を射こんだ。

「平河先生、いったい何を恐れていらっしゃいますの？」

涼子の目的は完全に達せられた。音をたてるかと思われるほどの勢いで、平河代議士の顔色が変わる。赤から青へ、さらに紫へ、と、ハデなことだ。レオタードの布地ではなく、中年男の顔なので、何色になろうとすこしも色っぽくはなかった。だが迫力満点ではあった。

岸本はソファーにすわりこんだまま、動くに動けない。どうやら腰をぬかしたようである。いや、岸本を軽蔑する気はない。私も背筋《せすじ》に冷たくおぞましいものを感じた。邪神《じゃしん》の息吹《いぶき》というのはおおげさだが、権力の泥沼を泳ぎつづけて沈まない者にはそれなりの凄《すご》みがあるのだ。

「図に乗るなよ、小娘!」

怒号《どごう》がとどろいた。同時に応接テーブルに掌《てのひら》をたたきつける。岸本は文字どおり飛びあがった。由紀子はわずかに蒼《あお》ざめて全身をかたくした。私は半歩後退しそうになり、かろうじて踏みとどまった。平河代議士の怒号ひとつで、新人の代議士も官僚も慄《ふる》えあがるという。その噂《うわさ》は真実だった。

ただひとりだけ平然としていたのは——やはり薬師寺涼子だった。虚勢《きょせい》をはっているのではない。姿勢をまったくくずさず、平河代議士を見返す瞳には、あからさまな軽蔑の色があった、と私は思う。

平河代議士がふたたび口を開く。今度は薄気味悪いほど静かな声だった。

「君たちはいっそこのままフランスに残ったほうがいいかもしれんぞ。日本に帰ったら、デスクがなくなっとるかもしれんからなあ」

平河の視線が私に固定された。そうと気づいたとき、正直なところ、ブキミさを禁じえなかった。ライオンに凝視《ぎょうし》されたシマウマの気分だ。

「おい、君はどうなんだ。上司に忠実なのはけっこうだが、限度があるだろう。この生意気な小娘にしたがっているのは、いったい何のためだ」

私は答えた、できるだけ平静に。じつは心臓と肺の動きがかなり不規則になっていたが、ちゃんと声は出た。

「地球の平和のためです」

平河は大きく口をあけた。凄みが失《う》せて、マヌケな中年男の表情になった。由紀子と岸本も、それぞれ判断停止の顔つきだ。涼子だけが楽しそうに笑い声をあげた。肩ごしに私を見あげる。

「よくいった、泉田クン。それでこそ、あたしの一番弟子《でし》よ」

「……この度しがたいバカどもが」

平河の顔は、いまや赤と青と紫のマダラ模様と化していた。

いちばん度しがたいバカはあんただよ、平河さん。

心のなかで私はつぶやいた。平河代議士はやはり小物だった。ごく短い時間のうちに、いくつ失策をしでかしたことか。

涼子に対して脅迫は禁物だ。恐怖を感じさせることなど不可能で、戦闘意欲を刺激するだけである。もはやナサケヨウシャなく、涼子は平河代議士を破滅させるだろう。よけいなことをしなければ、無難に議員生活を送ることができ、政治屋にとって人命より貴重な勲一等ぐらいもらえただろうに。

「好きにしろ。あとで泣きついてきても、オレはもう知らんからな！」

平河代議士は咆《ほ》えた。冬眠前のクマみたいに荒々しく立ちあがり、床を踏み鳴らして歩き出す。扉の前まで歩くと、ノブに手を伸ばして停止した。

肉の厚い背中に、涼子がとどめのひと声をあびせる。

「待ってても誰も引きとめませんよ。お元気で、平河センセ」

平河は振りかえらなかった。怒気のオーラを天井まで立ちのぼらせながら、扉をあけ、たたきつけるように閉めて姿を消した。

由紀子が深くて大きい溜息をついた。

「これで完全に平河代議士を敵にまわしたわ」

「あんなやつ、落選したら何の力もなくなるわよ。それに小ずるいやつだから、あんたやわたしの父親を完全に敵にまわすようなマネはしないわ。そんなことよりも……」

手短かに涼子は事情を説明した。

「というわけで、錬金術の秘密を独占することによって、アルゴは日本を支配し、日本は世界を支配する、という図式よ」

「そんなの、誇大妄想《こだいもうそう》だわ」

由紀子は半ば呆然とつぶやく。常識家の彼女には、とうていついていけないのだろう。

「考えてるのはあたしやあんたじゃなくて、アルゴと藤城家よ。核エネルギーを独占している連中が、二十世紀の世界を支配した。二十一世紀は錬金術を独占する日本の時代だ。そう考えてるやつらがいる。その現実を否定するっていうの？」

たしかに荒唐無稽《こうとうむけい》とはいいきれない。一九八〇年代の半ばごろ、日本の財界人や経済評論家は何といっていただろう。「日本の国力はアメリカを追いぬいた」「日本の株と土地は永遠に値上がりしつづける」「日本は経済力と技術力とで世界を支配する」「日本は全世界の富を独占する」……すべて痴者《ちしゃ》の妄想だった。「技術力」が「錬金術のテクノロジー」に変われば、アルゴが世界を支配するという妄想もりっぱに成立する。

「そうですね、教祖の妄想を信じて地下鉄にサリンをまいた狂信者たちもいたことだし、世界を征服するとか支配するとかいう妄想は、永遠に不滅ですよ」

妙に意気ごんで、岸本が賛同する。由紀子よりフレキシブル、というより、その種の世界観に親《した》しんでいるにちがいない。ゲームやアニメを通じて。

「岸本はああいってるけど、どう、お由紀？」

「……でも……」

「チェッ、煮えきらない。そうやっていつまでも現実逃避してるうち、敵に先制されてしまうわ。泉田クンもそう思うでしょ？」

「ええ、私にはちょっと心配なことがあるんです」

「いってごらん」

「当然のことですが、犯人側が証拠の湮滅《いんめつ》をはかることです。昨日、花園すみれの正体を薬師寺警視が見ぬいた。夕方、暴漢たちが我々を襲撃して失敗した。今朝、平河代議士が圧力をかけるのに失敗した。アルゴのビルか藤城邸のなかに秘密の研究室があったとしたら……」

私は口をつぐんだ。しまった、と思ったときには遅かった。すっくと立ちあがると、涼子は右手をかざし、拳《こぶし》をつくって叫んだのだ。

「そうよ、あいつら、秘密の研究室を引き払うに決まってる！　一刻の猶予《ゆうよ》もない。いますぐやつらを急襲《きゅうしゅう》して、秘密の研究室に踏みこむのよ。現場さえ押えれば、あとはもう何とでもなるものねッ」

「あの……」

「泉田クン、よく気づいた。さすがはあたしの腹心《ふくしん》！　こうなったらただちに出撃して、敵をたたきつぶす、これあるのみ！」

私は頭をかかえた。涼子に行動の口実を与えてしまったことに、いまさら気づいたのである。まんまと誘導された私のおろかさよ。

「ちょっと待って、お涼」

あわてた由紀子が、ソファーから立ちあがった。

「飛躍しすぎよ。泉田警部補の心配はもっともだけど、わたしたちが直接行動する必要はないでしょ。まずクレモン警部に連絡すべきよ」

いつのまにやら由紀子も完全に涼子のペースに巻きこまれている。「あなた」というべきところを、「わたしたち」といってしまった。この場にいる全員がひとつのチームと認めたのも同様だ。

由紀子を無視して、涼子は内線電話でふたりのメイドを呼んだ。姿をあらわしたふたりのメイドは、涼子から何やら指示を受けると、かしこまって答えた。

「ウィ、ミレディ」

ミレディというと、「三銃士」に登場する世紀の悪女だが、もともと固有名詞ではなくて、英語だと「マイ・レディ」になる。「わが女主人さま」という意味になるのだが、それにしても時代がかった呼びかただ。なのに、この美少女たちが涼子に対して使うと、違和感がないのはなぜだろう。

ふたりのメイドは表情を昂揚《こうよう》させ、きびきびした足どりで部屋を出ていった。室町由紀子と私は顔を見あわせた。涼子は何やら重要なことをメイドたちに指示したようだが、どんなことを指示したのやら、由紀子や私のフランス語学力ではとても理解できない。

「おい、いまの会話はどういう内容だったんだ」

岸本に問いかけたが、何とかフランス語がわかるはずの若いキャリア官僚は、ぼうっとしてつぶやくだけだった。

「やばいな、まずいな、でもお涼サマ、美しいなあ……」

たしかに、このとき、薬師寺涼子はひときわ美しかった。双瞳《そうどう》が暁《あかつき》の星のようにきらめき、頬が上気して、女神アテナ出陣の図のようだ。

涼子は私たちを振り向いて口を開いた。フランス語だったが、この台詞《せりふ》にかぎっては私にも理解できた。

「これは戦争《セ・ラ・ゲール》よ！」

第七章　突撃！　違法捜査隊

I

室町由紀子が深々とソファーに身を沈めた。

「こうなったら、わたしも覚悟を決めるしかないみたいね」

「どうもお気の毒です。とんでもないことに巻きこんでしまって、申しわけありません」

「べつに泉田警部補のせいではないわ。もともと、わたしは平河代議士に対して批判的だったし。警察官僚は政治的に中立であるべきで、特定の政党から選挙に出たりするのはまちがいだ。そう思ってたから」

「そのお考えは正しいと思いますよ」

「ありがとう。だから父が選挙に出たときも反対だったの。落選して、内心ほっとしたわ。あ、そんなこと思い出してる場合ではないわね」

苦笑して、由紀子は眼鏡の位置をなおした。

「でも、泉田警部補もなかなかいうわね。地球の平和のためだなんて。平河代議士もあっけにとられてたわ」

「いや、あれは本気でいったんですよ」

由紀子は不審そうな表情になる。アンティークのダイヤル式電話機でどこかに電話している涼子の姿を見やって、私は声をひそめた。

「つまりですね」

薬師寺涼子は警察官である。室町由紀子も岸本明も私も警察官。四人そろえば、普通の人々より、犯罪や事件に接する機会が幾何級数的に増えるのは当然のことだ。

それに加えて。

竜が雲を呼び嵐をおこすのと、まったくおなじ意味で、薬師寺涼子は事件を呼びトラブルをおこすのだ。いったんそうなったら、ブナンに事をおさめようとしても無理というもので、涼子の好きなように事件を解決させてやらなくてはならない。でないと涼子はエネルギーをもてあまして暴走し、被害はさらに大きくなるにちがいないのだ。

「だから、私が彼女にしたがうのは、ほんとに地球の平和のためなんです。おわかりですか」

マジメな表情で由紀子が考えこんだとき、涼子が電話をすませてもどって来た。

普通の声にもどって、私は質問した。

「花園すみれの姓は父親とちがいますね。結婚したんでしょうが、子供はいるんですか」

「結婚は三度してるけど、子供についての記録はないわね」

「記録がないからといって、いなかったとは断言できませんね。もしかして、何の証拠もないことですが、花園すみれに子供がいたとしたら、女ではありませんか」

涼子が指先を唇にあてるポーズをとった。

「泉田クンがいいたいのは、藤城奈澄の出生のことでしょ？　彼女が花園すみれの産《う》んだ子じゃないかって」

「お察しのとおりです」

「うーん、じつはあたしもその可能性を考えないではなかったのよ。ただ調べられるかぎりでは、藤城奈澄は日本で生まれて、その当時、花園すみれはアメリカにいたはずなんだけどね」

「そうですか」

「ま、その件はまたあとでね。さて、敵を急襲することは決まったけど、目的地はアルゴ・ヨーロッパ本社か、藤城邸か、わたしの肚《ハラ》は決まってるけど、泉田クンの意見は？」

入江支配人は花園すみれの存在をこころよく思っておらず、彼女の正体も知らなかったのだ。花園すみれの研究室は、アルゴ・ヨーロッパ本社のビル内ではなく、藤城邸のなかにある、と思われる。だからこそ、料理人のルイ・パンドローが、知ってはならぬものを知って、口封じのため殺される結果になったのだろう。

「そこまではまず疑問の余地《よち》なしね。で、ルイ・パンドローはなぜパリ市内でなく、郊外のシャルル・ド・ゴール空港で殺されることになったのかしら」

それについては、私に、ひとつの推理があった。

「花園すみれか藤城奈澄か、どちらにせよ犯人側はルイ・パンドローに取引をもちかけたのだ、と思います。口どめ料をやるから外国へ行け、二度と帰って来るな、とでもね。パンドローは喜んだか怯《おび》えたかはわかりませんが、シャルル・ド・ゴール空港で外国行きの便に乗ろうとして、その前に殺されてしまった。最初から犯人側は彼を生かしておく気なんかなかった。そんなところじゃないでしょうか」

「そうね、そんなところでしょうね」

ルイ・パンドローがパスポートや現金や航空機のチケットを持っていたのかどうか、そのあたりはパリ司法警察がデータを持っているだろう。

ここで室町由紀子が意見をのべる。

「昨日の午前中、藤城邸はパリ司法警察の手でひととおり捜索されたはずよ。そのとき例の怪物はあらわれたけど、研究室だの実験室だのといった施設や設備が発見されたとは聞かない。あそこには何もないんじゃないの？」

宿敵に水をさされて、涼子はゴキゲンをそこねた。

「巧妙に隠してあるに決まってるでしょ。強制捜査したわけじゃなし、ルイ・パンドローの部屋の他には、ほんの表面をなでただけよ」

「そうかもしれないけど、踏みこむ前に、他の情報源もいちおう調べてみたら？」

由紀子の視線が私に向けられた。

「といいますと？」

「昨晩《ゆうべ》シャンゼリゼにあらわれた暴漢たちよ。いま司法警察が彼らを尋問しているはずだから、その結果を待ってみたら、どうかしら」

「あいつらは、しょせんカネで雇《やと》われただけの暗黒社会《ノワール》の住人でしょう？　アルゴと直接、結びつく証言が得られるでしょうかね」

ここで意外な発言を涼子がした。

「ところがね、バロン・ド・オタクの名前を出したとたんに、デュボア警視長とクレモン警部が、おじさんどうし顔を見あわせたのよ」

涼子が語ったのは、昨夜の件だ。クレモン警部との交渉のあと、私たちは司法警察に行ったのだが、彼女ひとりがデュボア警視長の執務室にはいり、シャンゼリゼでの事件について証言したのである。

そのとき、デュボア警視長やクレモン警部は、「バロン」の名に反応した。反応したからには、涼子から執拗《しつよう》に問い質《ただ》されるのは当然である。どうせ最初からデュボア警視長は涼子に抵抗できない身だ。しぶしぶ彼が答えたところによると、ここ半年、パリでは移民を中心として若い女性の行方不明事件が続発している。ひそかに捜査がおこなわれていたが、先日、「バロン」と名乗る人物が郵便を送りつけてきた、というのだ。

「バロン」と名乗る人物は、すでに十二人の女性を殺害したと称している。司法警察は半信半疑だったのだが、同時に送りつけられてきた指環やブローチが行方不明者たちの所有物であったと確認された。さらに遺体の写真やら頭髪まで送りつけられてきて、司法警察としては近日中にマスコミに公表するか否か、判断をせまられている、というのだった。連続殺人犯が自分の犯行を警察やマスコミに誇示《こじ》するのは、「切り裂きジャック」以来の伝統である。

「それを知ってれば、バロン・ド・オタクという名乗りを聞いたときに、ぴんと来たかもしれなかったんだけど」

「ですが、殺人鬼と関係づけられるような名前を、ことさら名乗りますかね。顔だって知られてしまったわけですし、ちょっと用心がたりない気がしますが」

意見をのべながら、私は、奇妙な感覚におそわれた。何かが私の神経に引っかかっている。いったい何がだろう。思考の矛先《ほこさき》がそちらへ向くと、そいつはひょいと隠れてしまい、私にはいらだちだけが残された。

「どうかした？」

涼子に問われて、とりあえず私は、思いついたことを口にしてみた。

「バロン・ド・オタクは変装していたんじゃないかと思います。髪型なんてどうにでもなるし、ヒゲもたぶんつけヒゲでしょう。でなきゃあんなに堂々と人前に顔をさらすことはありえない」

「そうかもしれないわね」

涼子はかるくうなずいただけだったが、由紀子が積極的に私を支持してくれた。

「きっとそうよ。当然、気づくべきだったわ」

「フン、またえらそうに」

「べつにえらぶるつもりはないわ。気づいたのはわたしではなくて泉田警部補でしょ」

仲裁したほうがいいだろうか、と思ったとき、岸本がひさしぶりに口をはさんだ。

「も、もしもですよ、相手がアルゴと藤城一族ということになると、デュボア警視長はどこまで味方してくれるでしょうか。国土保安局がほんとに出てくるかもしれませんよ」

「実際そんなことになったら、ちょっとまずいわね。でも、まあ大丈夫でしょ。先方にだって弱みがあるんだし、大統領だってご安泰《あんたい》とはいえないもの」

涼子が自信にみちているので、私は確認してみた。

「藤城奈澄の件ですか？」

「それもふくめて、よ。年明け早々、大統領の与党では党首選挙がおこなわれる。大統領のバックアップを受けた候補の優勢が伝えられてるけど、反対派と紙一重の差なの。ここでスキャンダルが明るみに出たら、まちがいなく形勢は逆転するわ。この情報をどこに持ちこむか、選択権はあたしにあるのよ」

「なるほどね」

心から私は諒解《りょうかい》した。薬師寺涼子は、負けるケンカなんて絶対にしないのだ。

II

それにしても錬金術なんてシロモノにかかわることになるとは。

私は不快だし、不安でもあった。

あたらしいテクノロジーやシステムが出現するときには、かならず強烈な反作用・副作用がともなう。原子力の発見は核兵器を生《う》み、生命科学の進歩はクローン人間誕生の悪夢に結びつく。錬金術だって、どんな兇事《まがごと》を生み出すか、知れたものではない。

だいたい世の中にそううまい話はないし、バラ色の夢の九割までは妄想か詐欺《さぎ》でしかない。警視庁づとめなどやっていると、「何でそんな安っぽいペテンにひっかかるんだ」と、被害者に対してあきれることがしばしばである。

「錬金術によって石ころを黄金に変える」

なんて、そんなうまい話が無害のまま終わるわけがないのだ。

「ゾシモスの秘法、という言葉を聞きましたが、ゾシモスというのは人名ですか」

「そうよ、錬金術の開祖のひとりといわれてる。紀元前、古代エジプトのアレクサンドリアにいたそうだけどね」

アレクサンドリアは現代でもエジプト最大の貿易港だが、古代世界での重要性はそんなものではなかった。紀元前二〇〇年の時点ですでに人口一〇〇万人をこえ、ローマなどをはるかにしのぐ世界最大の都市だった。ヘレニズム文化、つまり古代ギリシア・エジプト・メソポタミアが融合したエキゾチックな文化の中心地で、美術・建築・哲学・医学などが栄え、四方に広まっていった。

このアレクサンドリアが、古代から中世にかけて、「世界の魔術の都」であり、錬金術発祥の地であった、のだそうだ。

「ゾシモスは錬金術だけでなく、医学、化学、薬学の諸分野にまたがる天才で、いろいろと怪奇な生命体や妖異《ようい》な薬物を創《つく》り出したの」

「そのひとつがあの怪物というわけですか」

サルだかリスだか区別がつかず、人間の脳を吸う怪物。兇悪でおぞましくはあるが、あまりスケールが大きいとはいえない。「ゾシモスの秘法」とやらに、私はたいして興味をおぼえなかった。

「で、錬金術のテクノロジーを花園すみれや藤城奈澄からとりあげたら、それをどうするんです？」

「それはもちろん……」

「封印するんですね？」

「あたしのものにするのよ」

私は思わずのけぞった。由紀子はおどろきが飽和《ほうわ》したのか、涼子と私を交互に見ながら沈黙している。

「それじゃネオナチの上前《うわまえ》をはねることになるじゃないですか！　やつらに研究させておいて、成果だけとりあげるなんて！」

「だって錬金術のテクノロジー自体は悪じゃないもの。花園すみれの手からとりあげたら、どのみち誰かが保管しなきゃならないし……」

「いけません！　世界的な規模で反作用がおきたとき、あなたは責任がとれるんですか」

「そんなのそのとき考えるわよ。だいたいそんな将来のことより、いまこれからのことのほうがダイジでしょ。ほら、泉田クン、これ持って」

ソファーのうしろにたてかけられていたブランド物のゴルフバッグを、涼子は指《さ》ししめした。私は何やら違和感をおぼえ、歩み寄ってバッグをあけてみた。なかにはいっていたのはゴルフクラブではなかった。

「あっ、こら、かってにあけるな」

「何ですか、これは⁉」

「何って、自動ライフルよ。アーマライト社のAR－18Sを軽量化したやつ」

「だから、こんなものがどうしてブランド物のゴルフバッグにはいってるんですか！」

「どうしてって、マリアンヌがいれたから」

「マリアンヌ？」

「黒い髪の娘《メイド》よ」

私が絶句したので、室町由紀子がようやく我に返ったようすで詰問した。

「メイドに指示を出したのは、結局あなたなんでしょう、お涼」

「指示はしてないけどね、あたしの性格と手法を知ってるから、気をきかせてくれたの」

「そのほうがもっと問題よ！」

私は肩をすくめてバッグを閉めた。

「こんなものかかえて、藤城邸に侵入しようというんですか」

「大丈夫よ、藤城邸の警備システムはぜーんぶ解除できるんだから」

「どうやって？」

と問いかけて、私は解答に思いあたった。JACESの北岡伸行がいっていたではないか。アルゴ・ヨーロッパ本社はJACESヨーロッパ総局の最大の顧客《おとくい》だ、と。自分たちが設置した警備システムを自分たちで解除するだけのことだ。

「ちがうわよ」

私の考えを見ぬいて、涼子が頭《かぶり》を振った。

「ＪＡＣＥＳが設置した警備システムをＪＡＣＥＳが解除するんじゃ、いくら何でも商道徳にもとるでしょ。こういうとき、あたしは個人的なスタッフを使うことにしてるの。コンピューター・ハッキングの天才をね」

「誰です」

「リュシエンヌ」

「だからそれは誰です⁉」

「君のうしろにいるわ」

私は振り向いた。五歩ほど私から離れて、ふたりの美少女が立っていた。涼子を慕っているふたりのメイドだ。だがいまは、典型的なフレンチ・メイドの服装をしてはいなかった。近未来ＳＦアクション映画のヒロインみたいに黒いボディスーツ、同色の軍隊用ブルゾン、それにベレー帽とブーツだ。「うわあ」と、岸本が無責任な感歎の声をあげる。

「栗色の髪の子がリュシエンヌ。黒髪のマリアンヌは武器をあつかう天才なの。ふたりとも、あたし個人の優秀なスタッフよ」

私はまたよろめきそうになった。涼子と行動をともにしていると、脳貧血をおこす機会にめぐまれすぎる。純白のエプロンを着て朝のコーヒーをいれてくれたかわいいメイドが、ハッキングや武器操作の天才だって？　どうやったら、そんな物騒《ブッソウ》な少女たちをメイドとしてやとえるんだ。いや、もっとも物騒なのは彼女たちの「ミレディ」であるのだが。

III

「やられたらやりかえす」

というのは涼子の信条ではない。

「やられそうになったらこちらからやる」

「やられる前にやれ」

ですらない。

「やりたいからやる。モンクあるか」

というのが、いちばん近い。

だからもはや何をいってもムダだとは思うのだが、雪のちらつくなか、藤城邸へ向かう車の座席で、いちおう私は尋ねてみた。

「フランス国内での武器所持の許可証はあるんでしょうね」

「あるわよ」

ハンドルをあやつりながら、短く涼子は答えた。アパルトマンを出るとき、彼女はスーツに着かえ、コートをはおった。タイトなミニにハイヒール。これこそ彼女の戦闘服というわけか。

「見せてください」

「見せてもいいけど、真物《ほんもの》かどうか君にわかるの？」

たしかに私はフランスの武器所持の許可証など見たこともない。黙りこんでしまうと、室町由紀子が口を開いた。

「お涼、わたしも覚悟を決めたけど」

「はいはい、それで？」

「ただ、目的ははっきりさせておきたいの。藤城邸へ押しかける目的はいったい何？」

「いまさら何いってんだか。藤城奈澄と花園すみれをたたきのめして、錬金術のテクノロジーを押収《おうしゅう》するのよ」

「そうではないでしょ。料理人のルイ・パンドローを殺害した犯人を、パリ司法警察の手に引き渡す。わたしたちのやるべきことはそれで終わり。あとはフランスの当局にまかせるべきだわ」

「べきだわって、何であんたのサシズにあたしたちがしたがわなきゃならないの」

「サシズではなくて提案よ」

「そんなもの犯人にいっておやり。ほら、もう着いた」

私たちは藤城邸の門前で車をおりた。昨日とおなじ暗い灰色の空の下、銀灰色《ぎんかいしょく》の車体《ボディ》を持つ大型トラックが三台、門前から門内にかけて停車している。門扉《もんぴ》は大きく開かれ、おそろいの作業服を着こんだ男たちがトラックに荷物を運びこんでいた。人数は三〇人ほどで、髪や肌の色はさまざまだ。

涼子は後続の五人をかえりみた。

「よし、部下全員そろってるわね、では突入！」

「いつからわたしがあなたの部下になったの!?」

由紀子の抗議など聞いてはいない。ハイヒールの踵《かかと》を鳴りひびかせて、涼子が前庭にはいると、初対面の男が小走りに近よってきた。

「何ごとですか、いったい!?」

これは私がパリでもっとも多く聞かされた日本語であった。髪をオールバックにした小肥《こぶと》りの日本人男性は三〇代後半というあたりか、スーツの左の襟に黄金の羊のバッジを光らせている。アルゴ・ヨーロッパ本社の総務課長か秘書室長というところだろう。

「逃げ出そうったって、そうはいかないわよ。荷物の運び出しを、たったいま中止しなさい」

涼子に襟をつかまれて、男はあえいだ。

「な、何をムチャなことを。乱暴をやめないと警察を呼ぶぞ」

「呼ぶ必要ないわ。あたしたちが警察よ！」

男は口と目を最大限に開いた。

涼子は嘘をついてはいない。たしかに私たちは警察官である。ただし、日本の警察官であって、フランスでは何の権限もない。

男は落ち着きはらって、その点を確認すればよかったのだ。だが、アルゴにだって危機の対処能力を欠く社員がいるらしい。うろたえて、いそがしく眼球を動かすばかりだ。

「ほら、パトカーが来る。もう司法警察はすべてを知ってるのよ。あきらめておナワにおつき！」

たしかにパトカーのサイレンが急接近してくる。だが、それはたぶん、私たちが監視の警官たちをアパルトマンの前に置き去りにしたので、追いかけてきたのだ。

ひたすら狼狽《ろうばい》する男を突きとばすと、涼子は玄関へ向かった。私たち五人は女将軍《レディゼネラル》のあとにつづいた。作業服の男たちが立ちふさがろうとして圧倒され、あとずさる。と、今度は見おぼえのある男がすすみ出た。

日本大使館の達増《たっそ》書記官だった。昨日も今日も藤城邸に入りびたりらしいが、ちゃんと大使館の仕事はしているのだろうか。

「なるほど、ドラよけお涼とはよくいったものだ。ずいぶんと乱暴な人のようですが、そこまでにしておくんですな。これ以上、お遊びがすぎたら、ただではすみませんよ」

達増がイタケダカにしゃべりつづけるのにかまわず、涼子は玄関の方角へすすんだ。達増の前を横ぎる形になったので、達増は怒気に顔をゆがめた。手を伸ばして、涼子を実力で制止しようとする。

「ちょっと、どこへ行くんですか」

達増はみごとに涼子の罠《ワナ》にはまった。達増の手が胸に触れたとたん、涼子は高らかに宣告したのである。

「セクハラ、恕《ゆる》すまじ！」

涼子の右手が達増の頬に鳴りひびいた。会心《かいしん》の一撃をあびたエリート書記官どのは、わっと叫んで尻モチをついた。涼子は腰に両手をあてて、この日最初の犠牲者を見おろした。

「殺人の事後《じご》共犯のくせして、ずいぶんえらそうな口たたくじゃないのさ。外交官特権でまんまと罪を逃《のが》れたって、日本へ帰ったらそうはいかないわよ。どういう処分が出るか、楽しみにしておいで！」

よせばいいのに、うなり声をあげて起《た》ちあがりかけた達増は、ハイヒールの踵で股間を踏みつけられ、白眼をむいて悶絶《モンゼツ》した。同情する気はないが、まったく薬師寺涼子の違法捜査に犠牲はつきものだ。

六名の違法捜査隊は藤城邸の奥深くへと侵入していった。いたるところに作業服の男たちがいる。なかには私たちを詰問しようと近よって来る者もいたが、涼子がフランス語で何かどなって、マリアンヌとリュシエンヌが自動ライフルの銃口を向けると、蒼《あお》くなって退散する。

サロンの扉を涼子があけた。ハイヒールで蹴り開いたのだ。ソファーで何やら密談していたふたりの女性が、顔をあげて無法者たちを見すえた。もちろん藤城奈澄と花園すれみである。パリ在留日本人社会の美しい女帝は、チャイナドレスがお好きと見える。この日は水色の絹に銀糸で牡丹《ぼたん》をあしらったチャイナドレスを着ていたが、どういうつもりか、涼子でも由紀子でもなく私に声をかけてきた。

「泉田警部補、あなたってあまりおりこうじゃないみたいね」

「真実を教えてくれてありがとう」

できるだけていねいに私は応じた。じつは自分ではとっくに気づいていたことだが、他人から指摘されると、またべつの味わいがある。

「こんなおてんば娘と行動をともにしていたら、いずれ深くて暗い陥《おと》し穴《あな》にはまって出られなくなるわよ。自重《じちょう》なさることね」

「もう出られなくなってます。せっかくのご忠告ですが」

「泉田クンは、あたしのためなら喜んで陥し穴のなかで死んでくれるのよ」

またぞろかってなことをいって、涼子が一歩すすみ出た。

「強制捜査の前に逃げ出そうなんて、悪事の証拠。あんたたちが錬金術を悪用して世界を支配しようとしているのは、とっくにばれてるのよ。観念おし！」

花園すみれがはじめて口を開いた。

「そのとおりさ。錬金術のテクノロジーを独占することによって、日本は世界を支配することができるんだ。お嬢ちゃん、あんたは日本人なんだろ。日本人のくせして、日本が世界を支配するのがイヤだとでもいう気かい。それでも日本人かい!?」

「おーおー、いかにも安っぽいネオナチ的論法だこと」

涼子がせせら笑う。

「自分が愛国者だから、自分に反対するやつは国家の敵だってわけ？　そんな論法、アドルフ・ヒットラーの死でとっくに破産してるのにさ。だいたい日本が世界を支配して、どんないいことがあるっていうの？　世界じゅうに何億枚も地域振興券がばらまかれるのかしら」

「まったく不愉快な小娘だね」

花園すみれはこの日も和服姿だ。このバアさんが世界を支配するようになったら、地球人全員に和服を着るよう強制するのだろうか。くだらないことを私は考えてしまった。

「あんたにはわかってるのかい」

花園すみれは涼子にフシだらけの指を突きつけた。

「え、わかってるのかい、わたしが手にしたのは元素転換のハイテクノロジーだよ。現代の技術文明ごときで可能なことじゃないんだ」

花園すみれの両眼は油膜《ゆまく》をはったようにぎらついている。まちがいなく狂信者の眼だった。

「古代の叡智《えいち》だよ。それをわたしは発見したんだ。どんな科学者にだってできなかったんだよ。ノーベル賞なんか、メじゃないのさ」

「あらまあ、そんなにノーベル賞がほしかったの？　学界があんたの偉大さを認めてくれなくて、お気の毒ね」

涼子の揶揄《やゆ》を、花園すみれは黙殺《もくさつ》した。

「元素転換が自由になったら、世界は一変《いっぺん》する。ただの泥水を石油に変えることができる。放射性廃棄物や窒素酸化物を無害化することもできる。石が黄金になる。日本はもう外国から資源や食糧を買わずにすむんだよ！」

「ばかばかしい。いまでさえ買わずに売るばかりだからきらわれてるんじゃないの。これ以上きらわれてどうする気よ」

「提案があるわ」

ひさびさに女帝陛下のご発言である。花園すみれが不服そうに口を閉ざすと、藤城奈澄はかるく身を乗り出した。

「どう、涼子さん、由紀子さん、わたしたちと手を組まない？」

嫣然《えんぜん》たる微笑で、そう提案した。

IV

「わたしの兄も弟も、藤城の家名にしがみついて、財産を蕩尽《とうじん》するだけの無能者よ。子会社をまかされれば経営を破綻《はたん》させるし、夫や婚約者のいる女性社員に手を出しては、何千万という示談金《じだんきん》を支払う。何度もおなじことをくりかえして、こりもしない」

いつのまにか微笑が消え、口調にただならぬ怒気がこもる。

「それなのに、男というだけでいずれ藤城の家名と財産と、アルゴの経営権をにぎって、日本の政財界で大きな顔をするようになる。わたしには恕《ゆる》せないわ。あいつらからすべての力を奪って、ひざまずかせてやるのよ！」

「そう、それは恕《ゆる》せないわよねえ」

涼子がもっともらしくうなずく。由紀子はひたすら沈黙して奈澄を見つめていた。奈澄は勢いこんだ。

「やっぱりね、あなたは頭がいいからわかってくれると思ってた。それじゃ、わたしと手を組むのね」

やさしく笑って涼子は答えた。

「だーめ」

「……どうしてなの？　わたしはあなたにアルゴ副社長の座を約束するわ。いえ、わたしが会長で、あなたが社長でもいい。あなたのこと見こんでいってるのよ」

だめなんですよ。心のなかで、涼子にかわって私は返答した。以前にも涼子に対して対等なパートナーとなるよう申し出た人物がいる。冷笑して、涼子はその申し出をしりぞけた。今回もおなじことだ。涼子は、勝てる相手と取引きなんぞする気はないのである。

「無能な男どもを破滅させて、女が権力をにぎる。そのこと自体に異論《いろん》はないわ」

「だったら……」

「でもねえ、やっぱりダメなの」

涼子がいうと、奈澄の表情が当惑から憤激《ふんげき》へと変化していった。

「そう、ダメなの。だったら理由を聞かせていただこうかしら」

「いいわよ。あたしは、あたし以外の女が世界を支配するなんて、ガマンできないの！」

奈澄が口をあけた。ここまでロコツに返答されるとは思っていなかったのだろう。やがて、助力を求めるように室町由紀子を見やった。視線を受けて、由紀子は黙然と頭《かぶり》を振る。涼子を説得するのは不可能だし、その意思もない、というわけである。奈澄は視線を涼子にもどし、怒気に声をふるわせた。

「……だったら、わたしがあなたの下風《かふう》に立てばいいわけ？」

「立つ必要はないわよ。平伏おし。それだったらまあ存在を認めてやってもいいわ」

「まったく昔からかわいげのない子だったわね、あなたは。そんなことだから、カネや権力を持った男が寄りつかないのよ。そこそこ美人なのに」

そこそこ？　私は思わず涼子を見たが、彼女は奈澄の雑言《ぞうごん》など気にとめていないようすだった。由紀子が相手のときとは態度がちがう。

「男にカネや権力なんて要求する気はないわ。そんなものいいの、あたしが持ってるし、これからも増える一方なんだから」

涼子の声が朗々《ろうろう》とひびきわたった。

「あたしが惚《ほ》れてやるとしたら、敵と戦うとき安心して背中をあずけることのできる男よ。それ以外は、ヤボで鈍感で気がきかなくてファッションにうとくてダンスひとつ踊れなくてもいい、いや、あんまりよくないけど、まあカンベンしてやるわ。ケンキョになって考えてみると、あたしにだって他人に甘いという欠点があることだし」

どこがケンキョだ、どこが。私はあきれたが、薬師寺涼子が男性観など語るのはめずらしいことだ。惚れられた男のほうは、とんだ災難だと思うが。

室町由紀子がちらりと私のほうを見て、落ちついた声を出した。

「興味深い意見だけど、いま話題にすべきなのはべつのことでしょ、お涼」

「ああ、そうだったわね」

めずらしくスナオに涼子はうなずいた。

「ちょっと話が脱線したけど、要するにあんたたちはもうオシマイってことよ。誇大妄想もほどほどにして、さっさと司法警察に自首おし。ルイ・パンドロー殺害の犯人としてね」

「ばかばかしい、ヌレギヌもいいところだわ」

「オージョーギワの悪い女だこと。ま、あんたが自首しなきゃ、襟首つかんで司法警察に突き出すだけの話だけどね。もうインターネットのほうは手配してあるし」

不審そうに、奈澄はまばたきした。

「インターネット……？」

「そう、情報社会における最強の兵器よ。そこに、アルゴがネオナチ一派と関係がある、ドクター・スミレ・ハナゾノの存在がその証拠だ、という情報を流したら、どうなるかしらねえ」

奈澄はかるく息をのんだ。客への無礼な対応をインターネットに流されて非難され、全面謝罪に追いこまれた大企業の例を思い出したのだろう。ネオナチとの関係を暴露《ばくろ》されたら、「社員の態度が悪い」どころではすまない。

「アルゴがネオナチと関係あると知れたら、当然ユダヤ系の銀行も新聞も黙っちゃいないわよね。国際的な不買《ふばい》運動だっておこりかねない。イメージダウンは深刻よね。このことを、あんたの兄弟たちは理解したわ」

「兄弟ですって？」

「今朝、あんたの兄弟たちに国際電話で教えてやったの。やつらはためらいもなくあんたを売ったわよ。寝首《ねくび》をかかれるところだったんだから当然よね。電話でもいいから確認してごらん。誰も電話に出ないか、出たらあんたがヨーロッパ総支配人の地位を明日にでも解任されると教えてくれるか、さて、どちらかしらねえ、オーッホホホホ！」

涼子の高笑いをあびて、奈澄は蒼《あお》ざめた。何かいいかけて唇を閉じ、涼子から由紀子へ、さらに花園すみれへと視線をうつす。女帝は女帝でも、味方の大軍が全滅したとの兇報《きょうほう》を受けた、亡国の女帝のようだった。その動揺ぶりが、彼女の正体をさらけ出した。巨大企業アルゴと、オーナー一族である藤城家との権勢《けんせい》があってこその女帝ぶりだったのだ。

「何をうろたえているんだい、いまさら」

動揺のかけらもしめさない声は、花園すみれの口から発せられた。この奇怪な老婦人は、奈澄より身長が二〇センチほども低いのに、いまや巨像と化したように見えた。

奈澄が敗北感にまみれた声を出す。

「だって、もうこうなったら……」

「あんたが何といおうと、わたしの知ったことじゃないね」

花園すみれの口からは、毒液が吐き出されんばかりだった。

「わたしゃこの研究に人生を賭けてきたんだ。歴史上どんな学者もできなかったことを実現させて、これからは苦労と努力にふさわしい報酬を得るだけさ。そう、アルゴからも藤城家からも、あんたからもね」

傲然《ごうぜん》といいはなつ。「あんた」と呼ばれた奈澄は、色をうしなった顔を老婦人に向けた。

「何いってるの。これ以上やったらアルゴは致命傷を受けてしまうわ」

「ふん、アルゴには恩も義理もないよ。戦後わたしの父を日蔭者《ひかげもの》あつかいして、とうとう社長にしなかったくせに。父よりもっとアルゴに貢献《こうけん》した重役がいるとでもいうのかい」

「わ、わたしはよく知らないけど、あなたの父親は……杉山徹彦という人は、研究者としてはたしかにすぐれていたけど、人望がなくて経営能力にもとぼしかったと聞いているわ」

奈澄の声がうわずる。すっかり権威を喪失した女帝に、花園すみれは怒号《どごう》をあびせた。

「おだまり！　男と見ればかたっぱしからベッドに引きずりこむ淫乱女が、わたしの父を侮辱するなんて恕さないよ。藤城家の名前がなきゃ何もできない小娘のくせして！」

「もうたくさんだわ！」

奈澄は白い上下の歯をきしらせた。

「殺人の共犯になんかなる気はないし、ネオナチの一派だなんていわれるのもまっぴら。わたしは手をひく。いえ、最初から何も知らない。この老婦人《ひと》が全部かってにやったのよ」

「そう、あんたにはそれがお似合《にあ》いよね」

涼子がせせら笑う。

「藤城家から年に何億円かのステブチをもらって、情事とファッションと美食の毎日を送るのが、あんたにとっての幸福よ。いずれ肥満して美貌が見る影もなくなるでしょうけど、それもまた人生《セ・ラ・ヴィ》よね。安心して、あんたに不相応《ふそうおう》の舞台からさっさと退場しなさい。この疫《やく》病神《びょうがみ》のバアさんは、あたしが結着《カタ》をつけてあげるからさ」

涼子に対して、奈澄は怒りの目を向けたが、力はなかった。どうやらこの女性を、私は過大評価していたようだ。

奈澄の容姿にも服装にも、まったく変化がない。それにもかかわらず、奈澄の姿は私の目に急に見すぼらしく映った。精彩《せいさい》が失われた、とでもいえばいいのだろうか。自信も覇気もなくし、ひたすらわが身の安全だけを願う敗者ぶりがみじめだった。

もはや涼子は奈澄を一顧《いっこ》だにしない。

奈澄が落ちぶれた女帝だとすれば、涼子は永遠の女王だった。ほめすぎかもしれないが、全面的な敗北に直面しても、涼子が精彩を失うことはないだろう。ふたりの美少女メイド、マリアンヌとリュシエンヌが彼女を「ミレディ」と慕うのも当然に思われた。

V

「わたしがつい本名を口にしただけで、ここまで追いつめてくることができたとはね。ほんとに悪運の強いお嬢ちゃんだ」

花園すみれは余裕にあふれて涼子と向きあっている。どこまでも「お嬢ちゃん」呼ばわりなのだ。

「運でかたづける気なの？」

「ちがうとでもいうのかい」

「決まってるでしょ。実力よ、実力！」

「実力のないヒヨコにかぎって、そういいたがるものさ。わたしから見たらお笑いだね。運なんかに頼らず、実力と努力とで、わたしは錬金術を自分のものにしたんだ」

「ほんとにそうかしらね」

「……どういう意味だい？」

花園すみれが両眼を細める。涼子の瞳に皮肉っぽい光が満《み》ちた。

「あんたていどのインチキ科学者が、錬金術のテクノロジーをほんとに会得《えとく》したなんて思えないのよね。自然科学において、あたらしく発見された法則が、真理として認められるためには何が必要か、いまさらいうまでもないでしょ？」

私のようなローテクの文科系人間でも、それくらいは何とか知っている。科学上の新発見が真理として認められるには、つぎの二点が不可欠《ふかけつ》なのだ。

誰が計算しても、おなじ解答が出ること。

誰が実験しても、おなじ結果が出ること。

いわゆる超能力が科学上の真理として存在を認められないのは、実験のたびに異《こと》なる結果が出るからだ。しかも、実験自体の厳密さがあやしいのだから、話にならない。

涼子の指摘を、だが、花園すみれは薄笑いで受けとめた。

「あんたも承知してるだろ、お嬢ちゃん。わたしは『ゾシモスの秘法』にもとづいて、実験を成功させたんだよ。『ゾシモスの秘法』。名前ぐらいは知ってるだろう。これまでゲーベル以外に誰も成功しなかったということも」

「だからさ、それがまぐれじゃないか、と、あたしは疑問を呈《てい》してるわけよ」

「まぐれ？　まぐれだって……！」

花園すみれの全身が慄《ふる》え出した。

彼女に同情する気はさらさらない。だが、努力と苦労をかさねてようやく実験に成功したのだとしたら、「まぐれ」と決めつけられて激怒するのは当然だろう。

いっぽう、挑発に成功した涼子はカサにかかった。

「まぐれでないといいはるなら、もっとすごい怪物を出現させてみたらどうなのさ。あんなケチくさいサルまがいのマヴォーニクなんかじゃなくて、都市ひとつを食べつくすぐらいスケールの大きなやつを。そうしたら、あんたが『ゾシモスの秘法』を会得したって認めてあげるわよ」

マヴォーニクというのが、例のサルともリスともつかぬ怪物の名前らしい。

「いいともさ。出してやるよ。何を出してほしいかいってみるがいい」

「あら、注文に応じてくださるの」

「ただし、怪物があらわれてから泣き叫んでも知らないよ」

「ほんとにあらわれたら、感涙《かんるい》にむせんであげてもいいけどね。ま、そんなことありっこないけどねえ、オーッホホホホ！」

いまや花園すみれの両眼は噴火口《ふんかこう》のように赤く煮えたぎっていた。だが声はあくまでも静かだ。

「バカ笑いしてないで、さっさと注文したらどうだい」

「そう、それじゃ『ゾシモスの秘法』のなかから、エスタメヌスでも出していただこうかしら。おわかり？　エスタメヌスよ」

「いいともさ、待っておいで」

花園すみれは即答したが、その声を断《た》ち切るように、下品な大声がひびいた。ひとりの男がサロンに姿を見せたのだ。

「おい、ぐずぐずしてるから警察が来たぞ。どうする気だ、オレはもう今後、関係ないからな。帰らせてもらうぞ」

平河代議士であった。正面から涼子と視線があう。白昼に幽霊を見た表情で立ちすくんだ。私たちの視線も彼に集中する。

それがまちがいだった。はっとして涼子が視線を転じたとき、花園すみれは羽織《はおり》の裾をひるがえして反対側の扉へ駆け寄っていた。草履《ぞうり》をぬぎすて、足袋《たび》はだしで。

「つかまえて！」

涼子、ふたりのメイド、それに私が、信じられないほどすばやい老婦人を追った。

「お由紀と岸本は奈澄たちをみはるのよ！」

こうして、由紀子と岸本をあとに残し、私たち四人はサロンから廊下へ、花園すみれを追って走った。階段を駆け登り、二階の廊下へ。さらに三階へ。花園すみれが一室に飛びこんで扉を閉ざす。見ると、扉は操作盤《コンソール》の暗証番号をプッシュしてあけるようになっていた。これではあけるのは不可能だ、と私は思ったのだが……。

栗色の髪のリュシエンヌが、扉を開閉する操作盤《コンソール》に何かを押しあてた。電子辞書サイズの薄い直方体である。ピアニストのように指を踊らせると、何やら接続がすんだようだ。操作盤《コンソール》の表示盤で、めまぐるしく数字が交替しはじめた。

「いま一〇〇万通りの数字の組みあわせを、この機械が試算《しさん》してるわ」

涼子がいい終わらないうちに、操作盤《コンソール》の表示盤が六桁《けた》の数字を並べ終わった。760844。同時に金属的な音をたててロックが解除された。

「よし、突入！」

涼子が指令を下す。私は天をあおぐ気分だった。涼子がふたりの美少女メイドをしたがえて東京の警視庁を急襲したら、たちどころに警視総監は拉致されてしまうにちがいない。

扉があくと、ためらいもなく涼子がまっさきにくぐりぬけた。ふたりのメイドが私を見やり、涼子につづくよう手ぶりでしめす。そのとき後方でたてつづけに異様な音がわきおこった。銃声、何かがぶつかる音、倒れる音、そして悲鳴。

振り向くと、廊下の角にひとりの制服警官があらわれた。一、二歩よろめき、胸をおさえて床に倒れこむ。

「君たち、早く行け」

通じたかどうか、日本語でいって、私はふたりのメイドを押しやった。ゆずりあっている場合ではない、と悟ったのだろう、まずマリアンヌが、つづいてリュシエンヌが、扉と壁との間隙《かんげき》へすべりこむ。それを確認して、私もメイドたちにつづこうとした。

瞬間。するどく空気が引き裂かれる。

鈍い音が下方でおこった。私が見たのは、扉に縫《ぬ》いつけられたコートの裾《すそ》と、そこに突き立って小さく震えているアーミーナイフの柄だ。

「ハーイ、動くのよくない、あなたの平和のために、であるですね」

陽気で悪意にみちた声がして、ナイフを投げつけた男がゆらゆらと私の前に姿をあらわした。

バロン・ド・オタク。彼がなぜこんな場所にいるのか。

私は当惑《とうわく》したが、解答らしきものはすぐに出た。やはりバロン・ド・オタクは単なる「暗黒社会《ノワール》」の住人ではなく、アルゴや藤城家と密接なつながりを持っていたのだ。

「ひさしぶりです、なつかしく感じるですね」

わざとらしく親《した》しげな声だが、どこか空気がぬけているような感じだ。私はできるだけ意地悪くいってやった。

「まだ歯医者に行ってないらしいな」

「予約がすぐにはとれなくてね。前歯を折ってくれたお礼、ぜひさせてもらうでございますよ」

バロン・ド・オタクは見せつけるように、もう一本のアーミーナイフを手のなかでもてあそんだ。私は、自動ライフルをいれたゴルフバッグをサロンに置いてきたことに気づいた。どのみち私にそんなものをあつかえるはずもないのだが。

バロン・ド・オタクはゆがんだ口もとにゆがんだ笑いを浮かべた。

「シャンゼリゼではあなたに勝ち、ゆずってあげました。でも今度はそうをいかないですね。どうぞ覚悟する、ありますね」

「ありませんね！」

いうと同時に、私は右脚をはねあげ、バロン・ド・オタクのひざをめがけて思いきりたたきつけた。右脚はうなりを生《しょう》じて旋回し、バロン・ド・オタクは跳《と》びあがってその一撃をかわした。着地の寸前、今度は私の左脚がバロン・ド・オタクの左脚を払う。バロン・ド・オタクは憤怒《ふんぬ》に燃える目で私をにらみ、アーミーナイフを猛然と突き出した。かろうじてかわす。いやな音がして、扉に縫いつけられていたコートの布地が大きく裂けた。

それで私はまったく自由になり、バロン・ド・オタクの腕を脇で押えこんでひねった。バロン・ド・オタクの手からナイフが落ちる。まず鼻のあたりに一発くらわせると、私は奴のきざな口ヒゲをつかんで思いきり引っぱった。つけヒゲをもぎとってやろうとしたのだ。だが、ヒゲはとれなかった。びっという異音《いおん》が走って、何とバロン・ド・オタクの鼻下から頬にかけて亀裂《きれつ》が走った。

「やれやれ、ムチャをする人だ」

流暢《りゅうちょう》な日本語だった。唖然《あぜん》とする私を突きとばすと、バロン・ド・オタクは、上下に裂けた顔に指先をあてた。

「もうこの仮面は使えない。けっこう費用と手間がかかったのに」

手があごにかかり、ゆっくりと顔面が剝《は》がされていく。

バロン・ド・オタクの偽《いつわ》りの顔がとりさられたあとに、真物《ほんもの》の顔があらわれた。すでに見知った顔だった。

ＪＡＣＥＳヨーロッパ総局の優秀なスタッフ、北岡伸行の顔。

第八章　神もホトケもあるもんか

I

正体をあらわした北岡は、ふてぶてしいほど陽気な表情で、偽《にせ》の顔を私に突きつけた。

「形状記憶ゴムというやつです。アルゴの子会社で開発した最新式の製品でしてね」

私は唾《つば》を吐いてやりたくなった。バロン・ド・オタクに最初に会ったとき、身長が北岡とおなじくらいだな、と、私は思ったのだ。おなじはずである。同一人物だったのだから。

「それをかぶって、いい年齢《とし》してコスプレかい」

「人生はすべてコスプレです」

「やめてくれ、気色《きしょく》悪い」

「とくに日本人にとってはね。日本人は他人の顔なんか見ちゃいません。警官、サラリーマン、科学者、暴走族まで、それらしい服装をしてないと、存在を認めてもらえないんです」

和服を着ていた花園すみれのことを思い出して、私は反論しなかった。

「顔まで変える。これこそ究極のコスプレです。それによって人格まで変えることができる。もうバロン・ド・オタクの顔は使えませんが、けっこう楽しませてもらいましたよ」

「楽しむのはけっこうだが、コスプレのあげくナイフを振りまわして他人を殺傷《さつしょう》するんじゃ、ご両親が歎《なげ》くだろうな」

「孝行息子といってほしいですね。私は母に対して忠誠を誓ってる身ですから」

「母……?」

したたか平手打《スパンク》ちをくらった思いで、私はまじまじと北岡を見やった。

「お前、もしかして花園すみれの息子か⁉」

「母の名を呼びすてにされるのは気に入りませんが、ご名答ですよ。もっとも、今回は関係者のリストが多くはないし、半分は私が教えてあげたようなものですね」

北岡の唇の両端が吊《つ》りあがる。地獄のピエロの笑いだ。花園すみれそっくりの笑いかたは、たしかに母子《おやこ》だった。

私は二重の悪寒《おかん》にとらわれながら、どうにか問いかけることができた。

「バロン・ド・オタクなんて名乗っていたが、ただのバロンというのもお前の芸名なのか」

北岡はかるく目を細めた。白っぽい眼光もまた母親によく似ていた。

「ほう、そんなことまでご存じですか」

「いままで何人殺した？」

「ストレートすぎますね。もうすこし尋問の技術ってやつを駆使《くし》してくれませんか。あなたはノンキャリアにしては優秀なんでしょう？　あくまでもノンキャリアにしては、ですがね」

北岡は笑った。ハンサムな男の邪悪な笑い、というと耽美的《たんびてき》なようだが、前歯が一本かけているので、どうにもマヌケに見える。こんな場合だが、ざまあ見ろ、といってやりたい。

それにしても、この男を何と呼ぶべきだろう。北岡伸行、花園すみれの息子、バロン・ド・オタク、殺人鬼バロン。すくなくとも、ひとり四役。意識して使いわけているようだから、医学でいう多重人格ではない。

北岡は、形状記憶ゴムとやらでつくられた偽の顔を、肩ごしにうしろへ放り出した。

「でもまあ、もうひとつふたつ教えてあげてもいい。たとえば、あなたがたをきりきり舞いさせた、あの怪物ですが……」

とがった舌先で歯列《しれつ》をなめる。いちいち気味の悪いやつめ。

「あの怪物は、おととい生まれたばかりなんですが、母と私の命令しかきかないんですよ。近くに母か私のどちらかがいなくてはならない。どうです、思いあたることがあるでしょう、ノンキャリアさん」

なるほど、よくわかった。あの怪物がシャルル・ド・ゴール空港にあらわれたとき、北岡がいた。藤城邸にあらわれたとき、花園すみれがいた。ラ・ヴィレット地区にあらわれたとき、アルゴのビルの中に花園すみれがいて、ビルの外にはバロン・ド・オタクに扮《ふん》した北岡がいたのだ。

ごていねいにも、彼は一時、素顔にもどって、母親や私たちのようすを確認までしたのである。着ていたブルゾンは、おおかたリバーシブルだったのだろう。

「お前がシャルル・ド・ゴール空港までお嬢さまを迎えに来たのは、べつの目的があってのことだったんだな。おれはまた、お前が、彼女のムコ殿の座をねらって忠勤《ちゅうきん》をはげんでいるのかと思ったよ」

「これはまた悪い冗談を」

笑いとばそうとして北岡は失敗したらしく、頰《ほお》をひきつらせた。

「あの女は私のいちばん嫌いなタイプだ。心にもなくお嬢さまと呼びかけるたび、口がくさる思いだった」

「へえ」

「あの女は、生きていたらどうしようもない。傲慢《ごうまん》で悪辣《あくらつ》で無慈悲《むじひ》で兇暴で自分かってだ！生きていればいるだけ、周囲に迷惑をかけるだろう。まったく救いがたい邪悪な女だ」

涼子に対する北岡の評価は、全面的に正しい。だが、北岡がえらそうに評価を下すことが、私は気にくわなかった。

「周囲に迷惑をかけるという点では、お前のほうがずっと上だろう」

北岡は私の反論を無視した。

「だから、あの女は死んだほうがいい。死んだらもう周囲に迷惑をかけることもなく、ただその美しさだけが後世に残る。造形《ぞうけい》的には完全無欠の美しさだ。私はあの女を剝製《はくせい》にして、他の十二人といっしょにアジトに飾ってやろう。すてきな下着を着せて。ちょうど不吉な十三人めだ。あの女にふさわしい」

「ばかばかしい」

こみあげる嫌悪感をのみ下しながら、私は、面と向かって涼子にはけっしていわない台詞《せりふ》を口にした。

「お涼は生きているからこそ美しいんだ。造形的な美しさなんて、ごく一部のことでしかない。あの美しさは生命のかがやきがもたらしてるものだ。そんなこともわからないとはね。オタクの限界ってやつかな」

「生命のかがやき？」

十二人の女性を殺害したことを告白した男、つまり殺人鬼バロンは、あざけるように手の指で宙を突いてみせた。

「そんな表現は一〇〇年前の軟弱《なんじゃく》な文学青年のものだ。それが刑事さんの口から出るとはね。ちょっと恥ずかしい台詞だな」

「お前と対面してると、つい恥ずかしさというものを忘れるよ。孝行息子ぶりが自慢のようだが、もしかして、ＪＡＣＥＳに就職したのも花園すみれのサシガネだったのか？」

「母を呼びすてにするなといったろう！」

北岡の顔を兇暴な翳《かげ》りがよぎった。右手をゆっくりとブルゾンのポケットにいれる。ぬき出した手には拳銃がにぎられていた。どこでどうやって入手したのか、ベレッタだ。これで先ほど制服警官を撃ったのだろう。

「この野郎、卑怯《ひきょう》だぞ」

「卑怯？　心外《しんがい》だな。五、六発で楽に死なせてやろうというのに。感謝するのが当然だろう」

私の前に立っている男は「変態のデパート」だ。オタクでマザコンで下着フェチ、そこまでは「人それぞれ」の範囲内だろうが、殺人鬼で死体フェチというのは警察や犯罪病理学の管轄《かんかつ》になる。この、マルセル・プチオ博士と同類の人物から逃《のが》れる途《みち》があるだろうか。

私の背後で扉はわずかに開いているが、身体をすべりこませるにはせまい。ドアノブに手をかけて開くまでに、私は北岡の銃弾をあびるだろう。逃れる途はなさそうだった。地球人である以上、死ぬのはしかたないが、殺人鬼のオタクに殺されるのはものすごく不本意である。

嘲弄《ちょうろう》の表情を毒々しく強めながら、北岡は引金《トリガー》にかけた指を動かそうとした。

「死ねよ、ノンキャリア」

瞬間。

私の右脇の下に黒い棒がはえた。

わずかに開いた扉の間隙《かんげき》から、自動ライフルの銃身が突き出されたのだ。リズミカルな連射音とともに火箭《かせん》が吐き出される。北岡の左の腿《もも》からひざ、すねにかけて血のネックレスが弾《はじ》けた。

苦痛と驚愕《きょうがく》の叫びをあげて、北岡が横転《おうてん》する。それでもまだ右手のベレッタを離さないので、私はかるく跳躍し、右手の上に着地してやった。すさまじい悲鳴。効果絶大。いかん、やることが涼子の影響を受けてきたようだ。

扉が開き、黒髪のマリアンヌが顔を出した。彼女が私を救ってくれたのだ。私は一礼して謝意《しゃい》を表《ひょう》した。

「メルシー、マドモアゼル」

微笑してマリアンヌは答えた。

「ドーイタシマシテ」

私のフランス語より、はるかにましな日本語だった。

床の上で北岡がうなり声をあげた。マリアンヌが微笑を消し、ふたたび銃口を北岡に向ける。あわてて私は手を振り、「ノン、ノン」と叫んだ。小首をかしげて、それでもスナオにマリアンヌは銃口をさげた。

北岡は自力で立ちあがれない。右手も使えない。戦闘力を失ったのだから放置しておけばよい。マリアンヌは私が殺されるところを助けてくれたので、いわば正当防衛ではあるが、この娘の手で人を死なせたくはなかった。それに、先行して花園すみれと対峙《たいじ》しているであろう涼子のことが気にかかる。まさか涼子が負けるとは思えないが、相手が相手だ。何がおこるかわからない。

II

黒髪のマリアンヌといっしょに、私は扉をくぐった。禁断の研究室に踏みこんだのだ。

すでに多くの荷物が運び出されているためか、研究室の設備や調度には、とくに目だつものはなかった。つまり、科学にあまり縁のない人間が漠然《ばくぜん》と想像するような部屋である。

涼子はリュシエンヌとともに壁面《へきめん》に向かって立っていた。壁面のモニター画面に、花園すみれの顔が映《うつ》っている。実物の一〇倍ほどに拡大されていて、しげしげ見たいとは思わなかった。

兇々《まがまが》しい声がひびいた。

「お嬢ちゃん、もどらなくていいのかい。いまごろあんたのダイジな刑事さんは、もう死んでるかもしれないんだよ」

「何くだらないヨタをとばしてるのさ。そんなこと、あたしが信じると思ってるの？」

「えらく自信満々だね」

「だって泉田クンが死ぬはずないでしょ。死んでいいって許可を、あたしは出していないもの。あたしの許可がないかぎり、あいつはあたしより先に死んだりできないの！」

そうか、それで私はバロン北岡に殺されずにすんだのか。思わず私はうなずきそうになったが、とりあえず自分が無事でいることを知らせなくてはならない。

「お待たせしました」

私がいささか場ちがいなアイサツの言葉を投げると、振りかえった涼子がわずかに表情を揺らした。だがすぐに、きびしい目つきになる。

「だめじゃない、ちゃんとついてこなきゃ」

「すみません、この娘《こ》に助けられました」

「マリアンヌは役に立つ娘よ。で、どうして時間がかかったの？」

「北岡伸行に出会ったんです」

「北岡？　わが社の？　どういうこと？」

「このバアさんの息子が北岡で、同時にやつがバロンだったんですよ」

私の説明は簡単すぎたが、涼子は一秒ほどで事情をすべて理解したようだった。さすがに意外だったようすで、かるく歎声《たんせい》をあげる。

「北岡のやつがね。なるほど、そういうわけだったの。こりゃつごうがいいわ」

「どういう意味です？」

「決まってるじゃない。北岡みたいにイヤなやつを痛めつけても、犯罪者を退治《たいじ》することになるから、世間もうるさくいわないもの。あたしはあたしのキライなやつらに、どんどん犯罪をやってほしいと思ってるの。かたっぱしからイタぶってやる！」

「やめてください、そういう不穏な発言は」

「どうしてよ。無実の人間に罪を着せるわけでもないのに」

「わたしの息子はどうしてるんだい、のっぽの刑事さん」

映像の花園すみれが両眼と声をぎらつかせた。私の報告を肯定《こうてい》してくれたわけだ。またしても簡単に私は答えた。

「脚に負傷して、研究室の外でのびてるよ」

花園すみれは大きく舌打ちした。フガイない息子と私との両方に腹をたてたらしい。不満げに、涼子が私に尋ねる。

「トドメをささなかったの？」

「トドメはあなたのためにとってあります」

ウソではない。方便《ほうべん》というやつである。知らぬが魔女、というべきか、涼子は心地《ココチ》よささうにうなずいた。

「よろしい、すこしはあたしのやりかたに慣《な》れてきたみたいね」

白いしなやかな指が、花園すみれの映像に突きつけられる。

「さあ、聞いたとおりよ。もうあんたの味方は誰もいない。あきらめてとっとと降参おし」

花園すみれは口の両端を吊りあげた。そう、息子とおなじ笑いだ。

「まったく、でしゃばりなお嬢ちゃんだね。たかがユダヤの血をひく年寄りひとり、寿命がちぢまったというだけで、よくまあ騒ぎたててくれたもんだ。パンドローとかいうおいぼれの生命が、そんなにだいじかい」

「すくなくとも、あんたの生命よりはね」

と、涼子の返答は辛辣《しんらつ》である。

「これからあたしたちはあんたをつかまえて、相応《そうおう》の報いをくれてやる。それがいやなら、どうせ役にたちっこないけど、できそこないの怪物でも出して応戦おし」

「怪物怪物というけど、せめて人造生命《エレメンタル》と呼んでほしいもんだね。すこしは錬金術の歴史をかじったんだろ？」

「そうね、ほんとの怪物はあんただものね。それじゃつつしんでいいなおすけど、人造生命《エレメンタル》の製法を発見して、それをどこに記録してるの」

「ひとつはここの光ディスクのなかさ」

「というと、もうひとつあるわけ？」

「わたしの脳ミソのなかだよ」

「そう、拷問のしがいがありそうね」

とうてい法と正義を守る公務員とは思えない台詞《せりふ》である。

「元気なお嬢ちゃんだ。感心するね。エスタメヌスにひとのみにさせるのは惜しいけど、もう出してしまったからにはしかたない。あと五分か一〇分の生命だ。せいぜい充実していることを祈るよ」

こわれた笛を吹くような笑い声を残して、映像が消えた。同時に、ずうんと腹にひびく音がして、床が揺れた。

地震か、と思った。だが、フランスには地震はないはずだ。

涼子が意味ありげな表情を浮かべた。

「花園すみれのやつ、ほんとにやってくれたわね」

「どういうことです!?」

「錬金術の怪物をつくり出したのよ。『ゾシモスの秘法』をもとに、エスタメヌスをね」

建物全体が大きく揺れた。何か頭上で妙な音がする。ウェハースでもかじるような軽い音だ。それを気にしながら、私は問いかけた。

「どんな怪物ですか」

「いま泉田クンが見てるやつよ」

「何も見えませんよ！」

「だから、人間の目に見えなくて、何でもかんでも食べてしまうという怪物なのよ」

頭上の音が、ひときわ耳につくようになった。あれはエスタメヌスという怪物が何かを食べている音なのだろうか。

「どうやら屋根から順番に食べていってるみたいね」

「あなたのいうとおりだとしたら、そのうちここまで来ますよ」

「あいつが藤城邸を全部、食べてくれたら、あとには何も残らないわ。完全無欠、地上最強の証拠インメツよ。日本人のオソロシサ、思い知ったか。オーッホホホホ！」

「笑ってる場合ですか！」

「泣いたってしようがないでしょ。笑ってごまかすのがオトナの知恵ってものよ」

「ごまかせるようなことじゃないでしょう。目に見えない怪物がパリの市街へ出ていったらどうするんです」

「あ、それ、おもしろい。『パリは消えているか』なんてね」

ずっと昔に「パリは燃えているか」という題名の映画があったな、なんていってる場合ではない。この映画では、敗北寸前のアドルフ・ヒットラーがパリを火の海にして地上から消してしまおうとするのだが、涼子はまさか狂気の独裁者のマネをする気ではないだろうな。

「あのね、あたしは負けるケンカなんてやらないの」

「それはよく知っているつもりですが」

「だったら、わかりそうなものじゃない。いい？　あたしはことさら花園すみれを挑発して、エスタメヌスという怪物を出現させたのよ」

不敏《ふびん》なる私は、ようやく理解した。

「つまり、あなたは、目に見えない怪物をやっつける方法をご存じなんですね」

「まあね。勉強したのよ。ほら、ほめなさい」

「えらいえらい」

「えらいは一度でいいの！」

「でも、怪物をつくり出すことはできないわけですね。ちょっと変なように思えますが」

「べつに変じゃないわよ。ハンターは熊やライオンをつくり出すことはできないけど、殺す方法は知ってるじゃない」

そういうものなのだろうか。こだわってもしかたないので、私は話題を変えた。

「北岡のことですがね、どうしますか」

それと知らずに、とはいっても、連続殺人犯を社員としてやとっていたとあっては、ＪＡＣＥＳという会社の信用にかかわる。その点をどう解決するのか。

「これはもう、全部なかったことにして、口をぬぐうしかないわね。むずかしいことじゃないわ、藤城邸が消えてなくなればね」

「真相を明らかにしないんですか」

「真相はあたしがつくるわ。あとは世間が認めりゃ、それで歴史がつくられるのよ」

キャリア官僚の手でつくられる公式記録なんてものは、たぶん、そういうものなのだろう。真相だの正義だのと口にするのもばかばかしい。だが、私は真相をほぼ知っている。涼子に同調して口をぬぐうべきだろうか。

「で、あなたにとっては、どちらが優先課題なんですか」

「どちらって、何のことよ」

「ＪＡＣＥＳの名誉と、錬金術のテクノロジーとです」

涼子は即答せず、いささか不審そうに私を見つめた。ゆっくりと私はいってやった。

「その気になれば、私は、ＪＡＣＥＳにとって不利な事実をバクロできるんですよ」

「ちょっと、まさか、北岡のことをしゃべる気じゃないでしょうね」

そんなことしたら生命はないわよ、といわれるかと思ったが、そうではなかった。交渉の余地がありそうだ。

「どうです、取引《とりひき》しませんか」

「取引？」

「そうです」

「どんな取引よ」

「殺人鬼バロンの正体がJACES社員の北岡伸行だった、そのことが警察にもマスコミにもいっさい知られないよう、私も協力します。誰にもしゃべらないし、証拠も消します。ですから、あなたも、錬金術のことはあきらめてください。あれはこの世にあってはならないもので、だからこそ亡《ほろ》びたんだと思います」

涼子は私を見つめながら二秒ほど考えこんだ。そして沈黙を破った台詞《せりふ》はというと。

「もうひと声」

「え、何いってるんです。骨董品《こっとうひん》のオークションじゃありませんよ」

「だってあたしは世界征服を断念するのよ。多大《ただい》な犠牲をはらうんだから、もうすこし代償ってものを求めたっていいでしょ」

「錬金術なんかなくたって、あなたは世界征服ぐらいできますよ」

「そうかな」

「そうですとも」

「てつだう？」

「てつだいます、てつだいます」

「よし、それなら涙をのんで、錬金術をあきらめてあげるわ。でも、かならずあたしに協力するのよ」

「ええ、かならず。誓ってもいいです」

「その台詞《せりふ》、忘れないでよ」

どうも妙な話の運びになってしまったが、これで薬師寺涼子にはどうにか錬金術を断念させることができた。世界征服がどうとかいうのは、もちろん冗談だ。冗談である。誰が何といおうと冗談ですませるぞ。

そう決意したとき、いきなり頭上が明るくなった。

見あげた私の目には、天井が映るはずだった。だが、実際に見えたのは、明るくはなってもやはり灰色のパリの冬空だった。天井が消え、その上の屋根裏も屋根も消えてしまったのだ。

「エスタメヌスがメインディッシュにとりかかったらしいわね」

他人事のように涼子が事態を説明した。

III

栗色の髪のリュシエンヌが低く叫んで注意をうながした。

映像ではなくほんものの花園すみれが、研究室の扉口《とぐち》に姿を見せたのだ。私たちがはいってきたのと、反対の方角にある扉口である。両眼に鬼火がちらついている。正気と狂気の境界線をとっくに乗りこえた人間の目つきだった。

「跡形《あとかた》もなく食べられてしまうがいいよ！」

和服姿のマッド・サイエンティストは、右手に栓《せん》をしたままの大きなフラスコをかかげていた。フラスコのなかではピンクの液体が揺れている。

「この液体はエスタメヌスの好きな……」

そのあとにつづく台詞《せりふ》は想像するしかない。たぶん花園すみれは、その液体を私たちにひっかけるつもりだったのだ。まちがいなくエスタメヌスに食わせてしまうために。だが涼子は情《なさ》け無用《むよう》の戦士だった。

右手のベレッタがいきなり火を吐くと、フラスコは音高く砕《くだ》け散って、ピンクの液体が花園すみれの右半身を濡《ぬ》らした。恐怖と狼狽《ろうばい》の叫び。

「あ、あ、この小娘、何てことを……！」

つぎの瞬間、花園すみれの首が消えた。

目に見えない怪物エスタメヌスが、老女性科学者の頭部をくわえこんだのだ。首を失った胴体が、和服姿で手足をばたつかせている。何とも異様な光景であったが、たちまち花園すみれの上半身が消え、下半身が宙に浮揚《ふよう》した。エスタメヌスは犠牲者の身体を腰までくわえこんで、そのまま持ちあげたのだ。

エスタメヌスの姿が私たちの目に見えたら、人間を食い殺す怪物のありさまがあらわになって、さぞ血なまぐさい凄惨《せいさん》な光景になったにちがいない。だが、床から二メートルほどの高さの空中に、和服を着た人間の下半身が浮かんで、それがみるみる消えていくという光景は、何やらTVゲームの画面を離れて見ているようだった。奇妙に無機的で現実感に欠けるのだ。

二、三秒のあいだ、左右の足袋《たび》だけが宙でうごめいていたが、それもふっと消えてしまった。錬金術で世界を支配しようとたくらんだマッド・サイエンティストの老婦人は、異次元の怪物の目に見えない消化器官に放りこまれてしまったのである。

花園すみれの死を悲しむのは、偽善《ぎぜん》というものだろう。自業自得《じごうじとく》の死というしかない。同時に、わざわざそれを口に出す必要もないのだが、そこでよけいなことをいう人物が薬師寺涼子である。

「めでたしめでたし」

バチあたりな発言の報いは、たちどころにおとずれた。みるみる壁が消え、床が消え、エスタメヌスが肉薄《にくはく》してくる。

「まわれ右！　前進！」

涼子が命令した。名将というものは、戦況《せんきょう》が不利なときには賢明な後退をおこなうものだ。いや、涼子を名将といっているわけではないが、とりあえず、これ以上の戦術はなさそうだった。

マリアンヌ、リュシエンヌ、涼子、私という順番で、違法捜査隊は走り出した。後方でかすかな音が聞こえる。エスタメヌスが建物をむさぼり食っている音だろう。その音はすぐ私たちの靴音にかき消された。私たちは鈍重な怪物から距離をかせいだようだった。研究室をまさに駆けぬけようとして、出現した人影に、私たちの足はとまった。

北岡伸行だった。幽鬼《ゆうき》のように、という表現そのままだ。右手をだらりとさげたまま、左手で壁につかまり、左脚は黒々と血に濡《ぬ》れて、歩行してきたあとには、点々と、いやな色あいの斑点《はんてん》が散っている。

「母をどうした?」

わが身をかえりみず、母親を案じる。美しい話ではあるまいか。この孝行息子を、文部科学省は表彰してやるべきだと思う。

「来年の今日が、あんたの母親の一周忌よ」

ひややかに涼子が宣告した。

正直なところ、北岡に対しての感情は複雑だった。生きたままパリ司法警察に逮捕させ、フランスで裁判にかけさせるのが正しいだろう。だがそうすると、ＪＡＣＥＳが殺人鬼を社員としてやとっていたことが知られてしまう。そうならないよう協力する、と、私は涼子に約束したのだが、この男にどう対処すればよいだろうか。

涼子の宣告に、北岡は野獣じみた咆哮《ほうこう》をあげた。それをおさめると、口角からよだれの糸をひきながら、今度はねっとりとした口調をつくる。両眼には狂気のネオンが点滅《てんめつ》していた。

「ではあなたにも命日《めいにち》をつくってさしあげますよ、美しいお嬢さま!」

「その身体でどうやって闘う気だ。出血するだけだろうが。救急車が来るまでおとなしくしていろ」

いちおう私は忠告した。さげすむように、北岡は唾《つば》を吐いた。血がまじっている。というより、血に唾がふくまれている感じだ。

「母の仇《かたき》だ。のたうちまわって死ね。マヴォーニク!」

どこに力が残っていたのか、と思うほどの大声だった。

黒い、それほど大きくない影が、北岡の背後から飛び出した。細長い棒状の舌を口から伸《しん》縮《しゅく》させながら、それは床で跳躍のために姿勢をととのえた。

そうか、まだこいつがいたのだ。リスともサルともつかず、おそろしい舌で人間の耳道《じどう》を突き破り、脳を吸い出す怪物が。切断されたはずの舌は、くっついたのか再生したのか、もとどおりになっているようだった。

「やれ、マヴォーニク! こいつらの頭蓋骨に穴をあけて脳ミソを吸い出せ!」

憎悪《ぞうお》と怨念《おんねん》と妄執《もうしゅう》を煮えたぎらせて、北岡がわめいた。

マヴォーニクは叫び声で応《こた》えた。聴覚神経をサンドペーパーでこするような音だ。跳躍しようとしたとき、涼子が襟もとのスカーフを右手ではずしてひと振りした。

怪物の動きがとまった。明らかにひるんだようすで、涼子のスカーフを見つめる。舌を切断された記憶がよみがえったのだろうか。ふたたび叫び声をあげる。威嚇《いかく》のため？　そうではない、明らかに虚勢《きょせい》だった。動きをとめたまま、涼子のスカーフがとどかない範囲を測《はか》っているようだ。

「何をしている、さっさとやれ！」

北岡は声をひび割らせながらどなったが、いったん怯懦《きょうだ》にとらわれたマヴォーニクは動こうとしなかった。両眼が黄色く光りつつ狡猾《こうかつ》にうごめいた。こいつはエスタメヌスよりずっと小物だが、打算《ださん》をめぐらすことができるのだ。

「この役たたずの化物《ばけもの》が！」

考えてみれば、とっくに北岡は冷静さを失っていたのだ。命令にしたがわないマヴォーニクをこらしめようと、右足をあげて横腹を蹴りつけた。全身のバランスがくずれるのは当然だ。激しい音をたてて床に横転する。左腿の銃創《じゅうそう》から血が噴き出して、マヴォーニクの顔にかかった。

怪物は三度めの叫びを発した。蹴りつけられて怒ったか、血の匂いに狂ったか、もともと恩など感じていなかったのか。床の上で起《た》ちあがろうともがく北岡に、マヴォーニクは躍りかかった。左の頭部にしがみつき、耳に口をあてる。北岡の全身に痙攣《けいれん》が走った。

「泉田クン、撃って！」

今回は、ためらう理由がまったくなかった。私は北岡から奪っておいたベレッタのねらいをさだめ、怪物の胴めがけて撃った。たてつづけに三回、引金《トリガー》をしぼる。

怪物が自由に動けたら、銃弾をかわすことができたにちがいない。だが、身体を北岡に密着させ、舌を頭蓋骨のなかに突っこんで脳を吸い出しているところだ。かわしようもなく、怪物は三発の銃弾を受けた。

吸脳《きゅうのう》怪物マヴォーニクは全身を痙攣させた。だがまだ北岡の頭部にしがみついて離れようとしない。三つの銃創から黄緑色の血液が流れ出す。

四発めを撃ちこもうとしたとき、北岡の右耳から何かが飛び出した。いやらしく光る肉色の棒。マヴォーニクの舌は北岡の左耳からはいって頭蓋骨と脳を貫通し、反対側の耳から飛び出したのである。

嫌悪感に耐えかねたリュシエンヌとマリアンヌが顔をそむけた。自分のベレッタの銃口を怪物に向けて、涼子がつぶやいた。

「何のために生まれてきたのかしらね……」

引金《トリガー》をしぼろうとした寸前。

まとめて消失した。マヴォーニクも北岡も、彼らがいた床も。目に見えない怪物エスタメヌスのご到来《とうらい》だ。

「速い……！」

涼子が声をあげ、私たちに命じた。

「逃げるのよ！」

もはや言語表現にこだわっている場合ではない。今度はリュシエンヌ、マリアンヌ、涼子、私という順番で走り出す。

ウェハースをかじるような音が、耳のすぐ近くで聞こえたような気がした。

私は振りかえった。

振りかえらなければよかった。

私が走ってきた床は、ほとんど消えていた。床の上に置かれていたはずの設備も家具も消え去って、無の空間の向こうにパリ一六区のお屋敷町の屋根屋根がひろがり、おどろくほど近くにエッフェル塔がそびえ立っている。

目に見えない怪物エスタメヌスの食欲は、つきるところを知らないようだった。有機物だろうと無機物だろうと、まったく差別しない。ばかばかしいほど軽い音、ウェハースをかじるような音とともに、天井が消え、壁が消え、床が消える。木材も鋼鉄もガラスも布も煉瓦《れんが》も石も、のみこまれ、消化されていって、あとにはただ空虚が残されるのみ。

もしエッフェル塔から一六区方面を見おろしている人がいたとしたら、仰天《ぎょうてん》したにちがいない。豪壮をきわめる邸宅が、屋根からはじまって下方へと、しだいに消えていくのだから。やがて邸宅は完全に姿を消して空地が残され、今度は周囲の家々が一軒また一軒と消えていくことになるだろう。

ほんの一五分ほど前、私は北岡に向かっていったものだ。「お涼よりお前のほうが迷惑だ」というようなことを。私がまちがっていた。つつしんで訂正する。「ドラよけお涼」のほうが、「バロン・ド・オタク」よりずっと人類社会の迷惑になる。

IV

マリアンヌとリュシエンヌが踏みとどまった。たがいに背負った軍用ナップザックから大型拳銃に似たものをとり出し、銃弾というよりカプセルのようなものを、すばやく装塡《そうてん》する。

「何です？」

「ペイント弾と発射装置」

私の質問に、短く涼子が答える。違法捜査隊はそんなものまで所有し、さらに用意していたわけだ。

エスタメヌスの姿は目に見えない。だが、どのあたりにいるか、見当はつく。床が消え、壁が消え、家具が消える。物質の消失線上に、エスタメヌスの巨大な口があるはずだ。

涼子が指を鳴らすと、マリアンヌとリュシエンヌはためらいもなくペイント弾を発射した。

命中した。

何もないはずの空中でペイント弾がくだけ、飛沫《しぶき》をあげる。目に見えないものの表面にそって、赤や青の色彩がゆるやかに流れ落ちていく。そう、不可視《ふかし》の怪物エスタメヌスの体表にそって。

涼子の作戦は効を奏《そう》した。ペイント弾のために、エスタメヌスの体表は透明性を失い、その輪郭《りんかく》があらわになっていく。もちろんすべてではないにせよ、その姿は、想像力の助けによってあるていど目に見えるものになった。

たてつづけに銃声がおこった。エスタメヌスめがけて、ふたりのメイドが発砲している。無用となったペイント弾の発射装置は惜しげもなく投げすて、自動ライフルを撃ちまくる。

赤や青の斑点が宙にうごめき、その周囲に着弾の白煙があがって、まさに市街戦だ。

エスタメヌスの全貌《ぜんぼう》を私は確認したわけではない。だがペイント弾のためにあらわになった輪郭から想像するに、それは、象の大きさを持つセイウチというのがいちばん近いような気がする。しかも、食欲を満たすにしたがって、その大きさは増加していくのだ。

メイドたちの勇敢さは賞賛に値《あたい》するが、この巨大な怪物を自動ライフルでしとめるのは不可能に思われた。エスタメヌスの全身はみるみる拡大していく。セイウチにたとえたが、セイウチのほうがずっとスマートで優美だ。エスタメヌスの表皮《ひょうひ》は、どうやら、ねじれたワイヤーロープをさらによりあわせ、そこに硫酸でもかけたように不気味なものに見える。

マリアンヌとリュシエンヌが自動ライフルを投げ出した。全弾を撃ちつくしたのだ。まるで効果がないままだった。

「これはすくなくともバズーカ砲か対戦車ミサイルが必要ですね」

いくら涼子でも、そんなものまで所有してはいないだろう。藤城奈澄を通じて大統領に話をつけ、軍隊の出動を要請するしかないように思われた。とりあえず自動ライフルはエスタメヌスの口と胃が消滅させてくれる。武器不法所持の証拠は残らない。

「エスタメヌスの表皮は、砲弾ていどの破壊エネルギーは吸収してしまうわ。外から攻撃したってだめなのよ」

「じゃ、どうするんです？　内側から攻撃するったって、そんなことが可能ですか」

「口のなか」

「え!?」

「重要なのはタイミングよ」

すでに藤城邸の豪壮な建物は、屋根と屋根裏、それに四階をすべて失い、三階の大部分もエスタメヌスの胃袋におさまってしまっている。階段もエレベーターも、エスタメヌスがすでに食べ終わった空間に所属していたので、私たちは階下におりる手段もなく追いつめられていった。走って、ころびかけて、扉をあけて、また走る。永遠につづくものではない。私たちは客用寝室らしい一室に追いこまれた。すぐうしろで扉が消え、壁が消えていく。

私は窓に飛びついてあけた。下を見ると噴水のある広い中庭で、二〇人ばかりの男女が呆然と上方を見あげている。そのなかに室町由紀子や岸本の姿を認めて、私はどなった。

「逃げろ！　ここから離れろ！」

相手が由紀子でも、敬語など使っている場合ではない。同時に涼子がメイドたちに叫んだ。

「ロープ！」

うなずいたリュシエンヌが腰に手をかける。黒い強化ナイロン製のロープが解かれた。フックがついている。強度をたしかめるように両手で左右にロープをひと引きして、リュシエンヌはフックを上方の窓枠《まどわく》にひっかけた。窓外に投げ出されたロープは、壁面をすべりおりて、地表すれすれに達した。事情を察したらしく、由紀子が壁ぎわに駆け寄ってくる。ロープの端を手にした彼女の叫び声がかすかに聞こえた。

「早くおりて、早く！」

「ミレディ！」

ふたりのメイドが声をそろえて叫んだが、涼子は叱《しか》りつけるような語調で指示した。

「ゆずりあってる場合じゃない、ふたりが先にお行き」

と、そういったのだろう。「ウイ、ミレディ」と答えて、まずマリアンヌがロープをつかみ、ほれぼれとするような身軽さで窓枠を踏みこえ、するすると壁をおりはじめる。時間を空費《くうひ》することなく、リュシエンヌがつづく。これまた、鳥が舞うようにリズミカルな身軽さだ。すぐに地上におり立つだろう。

「つぎ、薬師寺警視！」

「何いってるの、臣下《しんか》をあとまわしにして、わたしが先に行けるわけないでしょ！」

私は臣下ではない。部下だ。

争論《そうろん》している余地はなかった。私はロープをつかんで、涼子にどなった。

「ほら、早くつかまって！」

私は誤解されるようないいかたをしてしまっただろうか。涼子は両腕を投げかけた。ロープではなく、私の首に。世にまれな美しい形の胸が、私の胸に押しつけられる。

「ちが……」

う、といい終わらぬうちに、三階の床が消失した。涼子と私の足が宙に浮く。ロープをつかんでいた掌《てのひら》に灼《や》けるような感触が走った。窓枠が消え、フックが消える。食いちぎられたロープを右手につかみ、左手で涼子の腰を抱いたまま。

私は落下していった。

かつて私は言明《げんめい》したような気がする。薬師寺涼子の悪運の強さは底が知れない、と。このときも悪魔は涼子に庇護《ひご》の手を差しのべた。

涼子と私は落下して二階の床にたたきつけられるはずだった。だがふたりの身体はすぐ、やわらかい弾力に富んだ布地につつまれ、減速《げんそく》しつつさらに落下し、もういちどおなじような布地の上に着地したのだ。

私たちは二階にあった藤城奈澄の寝室に落ちたのだった。ルイ王朝の大貴族が使うような豪壮なベッドの上に。まず天蓋《てんがい》の布が私たちの身体を受けとめ、そのままもろともにベッドの上に落ちたのだ。二段階のクッションが、落下の衝撃をほとんど吸収してしまい、私たちは傷ひとつ負わず二階におりることができた。

すわりこんで無事を喜んではいられず、あわただしくベッドから床へとおりる。

いいことばかりはないものだ。かたい床面だったら、涼子がそんなヘマをすることはありえない。だが、やわらかい羽毛蒲団《ぶとん》やクッションが、かえって涼子のフットワークを妨害した。右のハイヒールを踏み出したとたん、体重をかけそこねて涼子はよろめいた。ハイヒールの踵《かかと》が折れる。

転倒しかかる涼子の身体を、間一髪で私はささえた。彼女の左腕が私の右肩にかかる。考える余裕もなく、私は右手で涼子の背中を抱き、左手で両脚を下からかかえた。

天蓋ごとベッドが端《はし》から消失していく。絶望的な気分で、私は涼子を抱きあげたまま、数歩走った。正面には壁がある。そこで私の逃走は終わるはずだった。永遠に。だがそのとき。

「ようし、理想的」

私の胸のあたりで、落ち着きはらった涼子の声がした。

「ストップ！　振り向いて！」

ほとんど思考停止の状態で、私は足をとめ、身体ごと振り向いた。至近《しきん》にせまった、目に見えない巨大な顎《あぎと》に正対《せいたい》する姿勢だ。

いつの間に引きぬいたのか、涼子の右手には銃があった。いやに古風で銃身の長いスペイン風の拳銃だ。

左手を私の首にかけ、右腕をまっすぐ伸ばして、涼子は発砲した。銃声はしなかった。銃口からほとばしったのは色のついた水で、それが細い虹のようにきらめきながら、エスタメヌスの口のなかへ吸いこまれていった。

V

空気が揺れた。

遠くでパリの市街全体が揺れたのは、噴き出す空気の流れが視覚映像を乱したからだろう。風がおこった。高層ビルのすぐ近くで無秩序に乱れくるうような風。冷たくはなく、気味わるいなまぬくい狂風だった。髪がさかだち、コートの裾がはためく。私は涼子を抱きあげたままよろめき、後退し、かろうじて転倒をまぬがれながら壁に背中をあずけた。

左右で風が咆《ほ》えた。何百もの異形の怪物が悲鳴まじりに息を吐き出しているかのようだ。窓ガラスが割れる音。私の顔にぶつかってきたのがクッションでさいわいだった。これが電気スタンドだったりしたら、私の顔はくだけていただろう。私は風のなかでどうにか身体を反転させて壁のほうを向いた。涼子をかばうには私が風に背を向けるしかない。

狂風がやんだ。突然の静寂《せいじゃく》がおとずれた。私は姿勢をかえてふたたび壁に背中をあずけ、首を振りながら、力なく涼子に問いかけた。

「何がおこったんです？」

「パンクしたのよ」

「……つまり内側から？」

「そう、さっきのあの銃は」

涼子が指さした物体は、床にころがっていた。周囲には破損した家具調度や寝具の類が散乱している。台風の通過したあとのようだった。

「彩虹変容剤《レインボウ・エレクシル》という薬液を発射するための水鉄砲でね。この薬液がエスタメヌスの胃液と化合すると、それまで食べたものが酸素と窒素《ちっそ》にかわって、一秒間に一万四四〇〇倍に膨張するのよ。それでパンク。すべては錬金術の次元でのことで、現代科学の法則の外にあるんだけどね」

「ははあ……」

私は深い深い深い溜息をついた。とにかくこれで終わったのだ。錬金術のテクノロジーは、その迷惑な産物といっしょに、三次元世界から消え去った。一件落着《らくちゃく》。事後処理はのこっているけど、コートは破れ髪は乱れてさんざんな姿だけど、まだ私たちは生きていた。

急に疲労を感じて、私はすわりこみたくなった。それから自分のおろかさに気づいた。疲労するのも道理だ。私はさきほどからずっと涼子を両手で抱きあげたままではないか。涼子は絶対に肥《ふと》ってはいないのだが、背が高くて骨格も筋肉も健康的だから、それなりの体重はある。仔猫《こねこ》を抱いているようなわけにはいかないのだ。

「もうおろしていいですか」

問いかけると、女王陛下はご機嫌《きげん》をそこねた表情で拒絶した。

「だめ！」

「もうラストシーンの撮影は終わりましたよ」

「もうすこしよ。ヒーローはヒロインを抱きあげたまま階段をおりていくの。階段の下ではみんなが拍手して、ふたりを迎えるのよ。それこそラストシーンの王道ってものよ」

「あなたはヒロインでしょうけど、私はヒーローじゃありませんよ」

「いいえ、りっぱなヒーローよ」

それは涼子の声ではなかった。声のする方角を、私は見た。寝室の壁があったはずのところに空間がひろがっていて、室町由紀子の上半身がのぞいていた。

「階段はもうないのよ。梯子《はしご》を使うしかないわ。お涼、ワガママもほどほどになさい」

「この風紀委員！」

涼子は毒づいたが、いやいや私の腕からおりると、ハイヒールをぬぎすてた。由紀子は梯子を手配してくれたのだし、梯子はひとりずつおりるしかないので。

一階の床におりたった私たちは、たちまち殺到する男女にかこまれた。マリアンヌとリュシエンヌが安堵《あんど》と喜びの涙を流し、涼子にすがりつく。岸本も興奮したようすで何か叫びながらとびはねている。私は由紀子に向かって頭をさげた。

「どうもいろいろお世話をかけまして」

「ふたりとも無事でよかった。これでわたしもひと安心で日本へ帰れるわ」

涼子は何とか無事なソファーにすわりこんでいる女性を目ざとく見つけ、ストッキングはだしのまま歩み寄って、わざとらしく声をかけた。

「さてと、奈澄さん」

力なく顔をあげた藤城奈澄に、涼子がニンマリと笑いを向ける。

「大統領閣下《ムッシュ・プレジダン》によろしくね」

奈澄はうなだれた。彼女は全力をつくして愛人たる大統領にはたらきかけるだろう。そうしないと、彼女自身の立場があぶなくなる。奈澄の左右に平河代議士と達増《たつそ》書記官がすわりこんでいたが、彼女の守護者というより、敗北感を共有する敗残兵のように見えた。由紀子や奈澄から何か聞かされたのかもしれない。とりあえず、日本に帰ってすぐ報復をたくらむような元気はなさそうだった。

さて、この後始末はどうなるか。

ひとり四役を演じた北岡伸行のアトシマツは、すべてJACESヨーロッパ総局に押しつけられることになるはずだ。オーナーのお嬢さまから「監督フユキトドキ」を叱責《しっせき》されたJACESヨーロッパ総局は、ただちに北岡の居住していたアパルトマンに押しこみ、殺人鬼バロンとの関連を疑わせるような物証《ぶっしょう》をすべて抹消《まっしょう》するだろう。さらに、そこから判明した殺人鬼バロンのアジトに踏みこみ、北岡との関連を疑わせる物証をことごとく消し去った上で、アジトの所在をパリ司法警察に通報する、というわけだ――もちろん匿名《とくめい》で。

犯罪だよなあ、これは。

天使の針だか槍だかが、ちくちく良心を刺す。私は公僕《コーボク》でしかも犯罪捜査官でありながら、犯人の正体イントクに加担してしまった。もちろん殺人鬼バロンがパリ内外に跳梁《ちょうりょう》することは二度とないし、錬金術の秘密も地上から消え去った。これでよしとすべきなのだろうが……。

クレモン警部が刑事たちにかこまれ、苦虫《にがむし》を一ダースほどまとめて嚙《か》みつぶしている。彼に近よるのはごめんだったが、なるべく彼の面子《メンツ》が立つような「真相」が犯罪史上に記録されることを、私は心から願う。

涼子がもどってきて由紀子に話しかけた。

「お由紀、あんた明日、帰るんでしょ」

「ええ、何とか今日のうちに搭乗再確認《リコンファーム》できそう」

岸本にやってもらう、とはやはり口に出せないようだ。涼子は皮肉っぽい目つきをした。

「そう、足もとの明るいうちにさっさと帰ったがいいわね。あんたにいられると、かえってややこしくなるから」

ニクマレ口をたたくなり、さっさとまわれ右して、ふたりのメイドと何やら話しあいはじめた。私はそれを見やり、「通訳」する義務を感じた。

「すみません、ああいういいかたしかできない人なんです。あれでもたぶんあの人なりの礼儀でしょう。あとは自分がひきうけた、という意味だと思います」

「わかってるわ」

苦笑まじりにうなずいてから、由紀子はすこし表情を変えて私を見た。

「すくなくとも、あなたよりはわかってるつもりよ」

「はあ……」

「じゃ、また東京で会いましょう」

由紀子が岸本に声をかけながらその場を離れていくと、いれかわるように涼子がまたもどってきた。

「泉田クン、シャンゼリゼで、あたしの携帯電話に連絡がはいったこと、おぼえてるでしょ」

「ええ、秘密《ナイショ》の件ですね」

「あれは旅行会社から急ぎの連絡だったのよ」

「は？」

まばたきする私を、愉《たの》しそうに見やりながら、涼子は腕をからめてきた。

「明日、あたしはパリ大学で講義する。それが終わると自由の身でしょ。だから明後日《あさって》から一週間、カンヌに行くことにして、航空券とヴィラを手配したのよ。両方ともとれた、という連絡をもらったの」

「それはけっこうですが、もしかして……」

「当然でしょ。君も行くのよ」

「何で⁉」

「約束したでしょ、世界征服をてつだうって。あたたかいカンヌで脳細胞をほぐして、世界征服のプランをゆっくり練るのよ、わかった？」

わかるわけがない。

「あたしと君、それにマリアンヌとリュシエンヌもいっしょにね。このふたりを寒くて暗いパリで留守番させるのはかわいそうだし」

人をやとう身として、いい心がけである。だが、だとすると私はかわいそうじゃないのか。私は休みたいんだけどな。暗くて寒いパリでもかまうものか、ひとりで留守番して、その間ゆっくり冬眠していたいぞ。

それにしても、世間はどう思うだろう。私は公務で海外出張中に、カンヌでヴィラを借りて三人の美女とすごす、とんでもない悪徳公務員ということになってしまう。誤解だ、と叫んでも、誰も信じてくれそうにない。しみじみと思うのだが、物事を表面だけで見て判断するのは、たいそう危険なことだ。

低くたれこめていた厚い灰色の雲が切れて、あわい黄金色の光の束《たば》がパリの市街に投げ落とされた。信心深い人間なら、神さまの実在をあらためて確認したくなるような荘厳《そうごん》な光景である。空に浮かびあがったエッフェル塔のシルエットを、失われた天井ごしに涼子は眺めやった。私の腕に腕をからめたまま、彼女が口にしたのは、名作をもじった詩の文句である。

「神、天にしろしめせど
世はすべて兇事《こと》だらけ」

（了）

参考資料

A PICTORIAL HISTORY OF MAGIC AND THE SUPERNATURAL　The Hamlyn Publishing Group Ltd

錬金術大全　東洋書林

奇怪動物百科　博品社

メグレ警視のパリ　読売新聞社

パリの奇跡　朝日新聞社

殺人紳士録　河合総合研究所

科学とオカルト　ＰＨＰ研究所

怪盗対名探偵　晶文社

ギリシア神話と壺絵　鹿島研究所出版会

パリ20区物語　講談社

新版パリ便利帳　山と渓谷社

世界の奇書　自由国民社

世界のオカルト文学　自由国民社

妖怪と精霊の事典　青土社

世界不思議物語　リーダーズダイジェスト社

フランス生活事典　白馬出版
ガイドブックにないパリ案内　TBSブリタニカ
なぜフランス人は自信満々なのか　海竜社
ワールドミステリーツアー13〈3〉パリ篇　同朋舎
パラケルススからニュートンへ　平凡社
ベルギー風メグレ警視の料理　東京書籍
錬金術　主婦と生活社

その他ガイドブックいろいろ

またインターネットで情報をお寄せくださった方々に御礼を申しあげます。

解説「お仏蘭西国《フランス》におけるアニメコンベンション見聞記」

川村万梨阿

「オオーゥ、カーワムーラサーン、オ会イデキテ嬉シデスー。ワタシ貴女ノアニメ、大好キデシター。『ダ○バ○ン』全テ見タンダカラ。『エ○○イム』ノ機械《メカ》ハ、本当ニ美シカッタンデスヨー……（中空を見つめてうっとり）」

……ここは南仏、トゥーロンという港町の空港であります。私、川村万梨阿（声優）はこの地で開催されるアニメコンベンションのゲストとして、はるばる日本からやって来たのでありました。が。何なんだろうこのチョーシ狂う感じは。いやいや勿論、フランス語などさっぱり解らない私にとって、ここまで日本語の堪能なスタッフ達がいてくださるというのは心底助かる素晴らしい事実なんですけど、いきなり南仏で『ダ○バ○ン』とか言われてもねえ。しかも二十年前のデビュー作ですよ。ワタシハ一体ドンナ顔スレバイイノデスカー。ノオォーン。

近頃のヨーロッパはアメリカに続いて（と言うと嫌な顔されますが）アニメコンベンションが頻繁に催《もよお》されており、集客もかなりの数だそうです。私の行ったトゥーロンも、三日間で延べ三万人の人出とか。平和な港町はこのイベントで、年に一度最大の盛り上がりとなり、市長主催の歓迎レセプションまで開いてくださるおもてなし振り。日本のアニメ、海外の地域振興に役立ってます。南仏のリゾート地でイベントだなんて、さすが、お洒落《しゃれ》の国ですよね。

地中海に面した海岸通りには洒落たレストランやカフェが立ち並び、目の前のマリーナには白鳥の群れのごとき優雅なヨット群が明るい日差しを浴びてキラキラと輝く中、テラスでブイヤベースの鍋を囲むセー○ー○ーン御一行様。名物のムール貝に白ワインと洒落込む宇宙刑事。カフェオレのお代わりをギャルソンに注文するケ○シロウとラ○ウ……はぁぁぁぁぁ⁉

こ、これは私の時差ボケによる白日夢でも何でもありません。コスプレイヤーが街に繰り出してお食事なさっているんですよ。フランスなだけにティーンエイジャーとはいえ、ライフスタイルが妙にオシャレ。サイン会からして様子が違う。

「僕の恋人が貴女のサインを欲しがっているんだ」

「私の彼、貴女の声の大ファンなの♡」

よく見ると会場はカップルだらけ。おお、ゲイのカップルだっているぞ。中にはアニメに興味無いけど彼に連れられて、なんてマドモアゼルもいた。「私の彼ったら日本のエッジィなカルチャーに夢中なのウフ♡」ってな具合です。そして「愛するソフィーへ」などとサインの横に書かされとる私。おいおいおい。

どうやらバロン・ド・オタクのように「三次元ノ女性ニ興味アリマセーン」って人は、ごく僅《わず》かのようです。「ア○カも好きだけど本当に愛してるのは君だけさMON AMI♡」とかなんとか言っているに違いありません。なんだかごくフツーに恋の駆け引きとかアニメ、ゲーム、特撮が同居する国フランス。インタビューで「格闘ゲームが好き」と言ったら、「OH, LA, LA!」「マダム、トレビアン！」と賞賛されてしまう国フランス……いや、いましたよ。勿論いました。ア○ナミ（二次元）が心の恋人、という人が。そしてそれを公言した人が。その一言に愛の国フランスは大パニック。世紀の奇人変人出現、と騒がれ、テレビ出演までさせられたとか。

「考エラレナイ。アレコソ〝サイバーパンク〟ダヨネー」（通訳の青年談）

そんなの日本じゃいっぱいいるよ、と言おうとしたのですが、もっと驚かれても困るのでやめました。なんだか国家の沽券《こけん》にかかわるような気がして。

とかなんとか言ってたら、来ましたよ。何とその後、問題の彼がサイン会場に！　あからさまに顔を引きつらせる通訳の青年団。緊張の面持ちで遠巻きに見守る他のお客様達。眉間《みけん》に皺《しわ》を寄せてずいっと私の前に進み出るボランティアの警備員。何やらざわざわと私の頭越しに交わされている早口のフランス語……そんな大げさな。っていうか、キャラ好きというだけで、こんな見せ物のような扱いなのかこの国は。

「コンニチワー！　私ス○イ○ーズノ映画ヲ日本マデ見ニ行キマーシタ！」来たぁOH, LA, LA～。その行動力にはメルシィボークー……どうやらいいとこのおぼっちゃまのご様子。高そうなジャケット着てるしね。しかし、ここでカルチャーショックが来た！　一緒に写真を撮ってあげましょうかと通訳が告げた途端、「徹夜で会場に並んで髭《ひげ》を剃《そ》っていないから、今日は写真に写れない」とな!!　オーラーラー!!　すごいよフランス。これは美意識なのか常識なのか、はたまたエスプリのなせる技か。フランスの愛と自意識をアニメで知ることになろうとは、考えもしませんでした私。そして写真拒まれてるし。どーいうこっちゃい(やっぱ三次元だから?)。

さて、フランスならではのコンベンションプログラムには、アニメ、マンガ、ゲームと並んで「特撮」が入っています。これが人気。んもー大人気。なんで南仏に宇宙刑事(コスプレ)が三人も揃《そろ》っとるんや。

「フランスニハ子供番組ガホトンドナイノ。ミンナ米国カ日本カラノ輸入ナンダネ。デモ米国ヨリハ日本ノ方ガ絶対イイヨ」

この微妙な対米意識。聞きしに勝る米国嫌い。

えー、ここでフランスにおける特撮史の説明を簡単にいたしますと、大分以前にフランスのTV局が日本の特撮番組『宇宙刑事』シリーズ三作をまとめ買いなさったのだそうです。

かの国のように変身前のフィルムを自国の役者で撮影し直すことも無く、そのままフランス語に吹き替えて、その三作をずーっと放送し続けた（もしかすると今も）らしいのです。三つ目の「シャ〇ダー」が終わると振り出しの「〇ャバン」に戻り、ループしたままいつまでもいつまでも。数少ない子供向けの番組にフランス中の子供達は大喜び。驚異的な視聴率を記録しながらいつしか国民的番組へと浸透していったのでありました。そういえばかつて日本のロボットアニメや少女アニメが大人気だったと聞いたような。そこまで子供番組の需要がありながら頑《かたく》なに大人文化を貫き通す国、フランス。ある意味立派です。いや、ヨーロッパは全て、そんな感じなのでしょうか？　私の見解などはその辺においといて、二〇〇一年春、コンベンションのゲストとして、日本から二人のリアル宇宙刑事が南仏の地に降り立ったのだそうです。我らのヒーロー「ギャ〇ン」＆「シャ〇バン」が。もう会場は狂喜乱舞の大パニック。正義のヒーロー、南仏で大暴れの巻！ですよ。しかも子供のいる家庭ではほとんどの人が見ていた国民的番組だからさあ大変。イベントの合間に入ったレストランで食事をすれば、やおら支配人が出てきて「君たちは宇宙刑事だね？　代金は結構だから店の皿にサインをしてくれないか」だの、通りを歩けば道の向こうからマダムが走っていらして「あなた宇宙刑事でしょう？　私と一緒に写真を撮って下さらない？」だの、トランジットでパリに寄れば、花の都のパリジェンヌが「ホラ……あの人……」「宇宙刑事じゃない？」

などとくすくす笑いさざめきながらこちらを見ていたりだのという、「宇宙刑事、地中海と花の都で人気大爆裂！」な光景が繰り広げられ、伝説となって語り継がれているのだそうであります。

見たかったです、現場。何より東映のスタッフにお見せしたかった。異国の地でこんなにも喜ばれているなんて知ったら、日頃の苦労が報《むく》われるってものですよねぇ。

「フィルムヲ切リ張リスルナンテ、作品ニ対スル冒瀆《ぼうとく》ダヨネ。僕ラハソンナ事許セナイヨ」

「小サイ頃カラズットアニメモ特撮モ見テキタヨ。昨日今日始マッタ事ジャナインダ」

愛されてます、日本のカルチャー。それはまるで印象派の画家達がみなひれ伏したという、パリ万博における浮世絵のように。そして、ところどころトホホな思い込みもまた激しく……。

そう、例えば『巴里《パリ》・妖都変』におけるキーパーソンのひとり、藤城奈澄嬢。彼女は常にゴージャスなチャイナドレスで登場しますよね。それはまさに、フランス人のツボ。黒髪、おかっぱ、チャイナドレス。これ東洋女性三種の神器と言っても良いでしょう。日本人の白人女性に対する「金髪、グラマー、ヘソ出しジーンズ」ぐらいの記号化されたイメージに匹敵するアピールっぷりです。もうベッタベタ。イベントの二日目、私は姑息《こそく》にウケを狙って、黒い革のロングチャイナに編みタイツ、ヘアダイ無しの長おかっぱヘア、という出で立ちで臨んでみました。その反応たるや、まさにアニメかマンガみたい。

「イイヨー。カワムラサン、スッゲーイイヨー。マルデ忍者ミタイデ（おい）超カッコイイネー」

「ヤッパリ日本人ハ『ローブ・ド・シノワ』似合イマース（だから違うって国が）」

そうそう、チャイナドレスの他にも「忍者」とか「芸者」とか「空手」もありの模様。奈澄さんが大統領の愛人になれたのも、きっとこの三種の神器がハートに直撃だったからに違いありません。『巴里・妖都変』をフランスで出版するならば、チャイナドレスの奈澄、芸者姿の由紀子とセクシー忍者の涼子様を表紙にするべきだと私は断言いたします（嘘です先生ごめんなさい）！

ところで田中先生、現地では先生の作品に登場するキャラクターのコスチュームを身につけたファンの方々も沢山《たくさん》いらっしゃいました。ナポレオンのごとき華麗な軍服が、フランス人のファッションセンスにぴったりだったのでしょう。日差しの明るい、青い海を背にした雰囲気バッチリな銀河フランス青年を、海岸通りで何人も見かけました。

先生、地中海のリゾート地を闊歩《かっぽ》する、先生のキャラクター達を見学に、是非一度フランスへお出かけになってみてはいかがでしょうか？　レオタード戦士のマドモアゼルも、接続詞のおかしな日本語を話すディープなアニメファンも本当にいますから。カフェオレ飲んでますから。

ああ、長々と書いているうちに、見聞記と言うよりは、妖都観光勧誘文となってきてしまいました……いえつまりその、先生のお話はとてもとてもリアリティに満ちていて、本当にこういう事が時々起こっているのですよ、というご報告なのでした。

……と、いうことは、涼子サマのようなスーパーヒロインも、現実にいらっしゃる可能性が無きにしもあらず、ということでしょうか？　読者の方々には夢のような現実到来、生きてて良かった三次元、てなことが起こってしまったりするのでしょうか？　OH, LA, LA〜！

東京でもパリでも船の上でも、やりたい放題カッコ良く弾《はじ》けておられる彼女の言動には、本当に胸がスカッとします。私もいつか、お芝居ではない高笑いを相手に向かって浴びせ倒してみたいものです。そしてそして、泉田クンのように有能で我慢強くてちょっぴり疎《うと》い（この辺が女心をくすぐられます）部下がいてくれないかなあ、などと、ふと遠い目になってしまいます。

世の中人材ほど払底しているものはないのです。こんな有能な部下がいてくれたなら私だって、イジメて可愛がって側《そば》に置いて出世を邪魔するに違いありません。きっと泉田クンの困った顔は、何とも言えず母性本能をくすぐられちゃうんでしょうねぇ……おっとっと、これ以上ほんとのことを言ってしまうと、また悪役ばっかりキャスティングされてしまいます。川村はこの辺りで退散いたしますね。そして、涼子サマの次なる冒険を楽しみに待つことにいたします。うふふ、次の泉田クンのイジメられっぷりも、とっても楽しみにしておりますわ。先生、お身体に気をつけて、お仕事頑張ってくださいませ。

最後に、日本文化を心から愛してくれているフランスのファンダムにも、幸多からん事を。いつまでも相思相愛でいてくださいね。それでは皆様、オールボワール！

本書は二〇〇〇年一月、光文社カッパ・ノベルスとして刊行されました。

|著者|田中芳樹　1952年、熊本県生まれ。学習院大学大学院修了。'77年第3回幻影城新人賞、'88年星雲賞を受賞。壮大なスケールと緻密な構成で、SFロマンから中国歴史小説まで幅広く執筆を行う。主な著書に『創竜伝』シリーズ、『銀河英雄伝説』シリーズ、『夢幻都市』、『西風の戦記《ゼピュロシア・サーガ》』、『夏の魔術』、『「イギリス病」のすすめ』(共著)、『中欧怪奇紀行』(共著)、『岳飛伝』(講談社ノベルス)など多数。『薬師寺涼子の怪奇事件簿』シリーズ既刊文庫に『魔天楼』『東京ナイトメア』がある。

巴里《パリ》・妖都変《ようとへん》 薬師寺涼子《やくしじりょうこ》の怪奇事件簿《かいきじけんぼ》

田中芳樹《たなかよしき》

講談社文庫

定価はカバーに表示してあります

2004年4月15日第1刷発行

発行者——野間佐和子

発行所——株式会社 講談社

東京都文京区音羽2-12-21 〒112-8001

電話 出版部 (03) 5395-3510
販売部 (03) 5395-5817
業務部 (03) 5395-3615

デザイン— 菊地信義

製版—— 大日本印刷株式会社

印刷—— 大日本印刷株式会社

製本—— 大日本印刷株式会社

Printed in Japan

落丁本・乱丁本は購入書店名を明記のうえ、小社書籍業務部あてにお送りください。送料は小社負担にてお取替えします。なお、この本の内容についてのお問い合わせは文庫出版部あてにお願いいたします。

ISBN4-06-273643-8

講談社文庫刊行の辞

二十一世紀の到来を目睫に望みながら、われわれはいま、人類史上かつて例を見ない巨大な転換期をむかえようとしている。

世界も、日本も、激動の予兆に対する期待とおののきを内に蔵して、未知の時代に歩み入ろうとしている。このときにあたり、創業の人野間清治の「ナショナル・エデュケイター」への志を現代に甦らせようと意図して、われわれはここに古今の文芸作品はいうまでもなく、ひろく人文・社会・自然の諸科学から東西の名著を網羅する、新しい綜合文庫の発刊を決意した。

激動の転換期はまた断絶の時代である。われわれは戦後二十五年間の出版文化のありかたへの深い反省をこめて、この断絶の時代にあえて人間的な持続を求めようとする。いたずらに浮薄な商業主義のあだ花を追い求めることなく、長期にわたって良書に生命をあたえようとつとめるところにしか、今後の出版文化の真の繁栄はあり得ないと信じるからである。

同時にわれわれはこの綜合文庫の刊行を通じて、人文・社会・自然の諸科学が、結局人間の学にほかならないことを立証しようと願っている。かつて知識とは、「汝自身を知る」ことにつきていた。現代社会の瑣末な情報の氾濫のなかから、力強い知識の源泉を掘り起し、技術文明のただなかに、生きた人間の姿を復活させること。それこそわれわれの切なる希求である。

われわれは権威に盲従せず、俗流に媚びることなく、渾然一体となって日本の「草の根」をかたちづくる若く新しい世代の人々に、心をこめてこの新しい綜合文庫をおくり届けたい。それは知識の泉であるとともに感受性のふるさとであり、もっとも有機的に組織され、社会に開かれた万人のための大学をめざしている。大方の支援と協力を衷心より切望してやまない。

一九七一年七月

野間省一

田中芳樹　創竜伝6〈染血《ブラッディ・ドリーム》の夢〉
田中芳樹　創竜伝7〈黄土のドラゴン〉
田中芳樹　創竜伝8〈仙境のドラゴン〉
田中芳樹　創竜伝9〈妖世紀のドラゴン〉
田中芳樹　創竜伝10〈大英帝国最後の日〉
田中芳樹　創竜伝11〈銀月王伝奇〉
田中芳樹　創竜伝12〈竜王風雲録〉
田中芳樹　「創竜伝」公式ガイドブック
田中芳樹　魔天楼〈薬師寺涼子の怪奇事件簿〉
田中芳樹　東京ナイトメア〈薬師寺涼子の怪奇事件簿〉
田中芳樹　夢幻都市
田中芳樹　西風《ゼピュロシア・サーガ》の戦記
田中芳樹　夏の魔術
田中芳樹　「田中芳樹」公式ガイドブック
田中芳樹　書物の森でつまずいて……
田中芳樹　土屋守　「イギリス病」のすすめ
田中芳樹ほか文　皇名月画・文　中国帝王図
田中芳樹　赤城毅　中欧怪奇紀行
高任和夫　架空取引
高任和夫　依願退職〈愉しい自立のすすめ〉
高任和夫　粉飾決算
高任和夫　告発倒産
谷村志穂　十四歳のエンゲージ
谷村志穂　十六歳たちの夜
高村薫　李歐《りおう》
高村薫　マークスの山(上)(下)
多和田葉子　犬婿入り
岳宏一郎　花鳥の乱〈利休の七哲〉
岳宏一郎　軍師官兵衛(上)(下)
武豊　この馬に聞いた！
武豊　この馬に聞いた！最後の1ハロン
武豊　この馬に聞いた！フランス激闘編
武豊　この馬に聞いた！炎の復活凱旋編
武田圭　南海楽園〈タヒチ、バリ、モルジブ……サーフィン一人旅〉
橘蓮二　吉川潮　高座の七人〈当世人気噺家写真集〉
橘蓮二　狂言の自由〈茂山逸平写真集〉
高木幹夫　日能研　自分の子どもは自分で守れ〈「学力」ってなんだろう 日能研はこう考える〉
多田容子　双眼
多田容子　柳影
田島優子　女検事ほど面白い仕事はない
高田崇史　Q E D〈百人一首の呪《しゅ》〉
高田崇史　Q E D〈六歌仙の暗号〉
高田崇史　Q E D〈ベイカー街の問題〉
高田崇史　Q E D〈東照宮の怨〉
竹内玲子　笑うニューヨーク DELUXE
竹内玲子　笑うニューヨーク DYNAMITES
高世仁　拉致〈北朝鮮の国家犯罪〉
田中秀征　梅の花咲く〈決断の人・高杉晋作〉
団鬼六　外道の女
立石勝規　田中角栄・真紀子の「税金逃走」
陳舜臣　阿片戦争 全三冊
陳舜臣　中国五千年(上)(下)
陳舜臣　中国の歴史 全七冊
陳舜臣　小説十八史略 全六冊
陳舜臣　琉球の風 全三冊
陳舜臣　中国詩人伝
陳舜臣　インド三国志

2004年3月15日現在